鱗

曾湘綾 著

致少年江辰

想你是魚

詩／曾湘綾　攝影／王俊智

月光甦醒的時候
想你是魚
驚動時間的水面
微冷的霧
淹沒夜，深潛於夢
你星空下的鱗片
美麗的波紋
在我心海，閃閃發亮
翻湧記憶中的淚
海上的嘆息
來到我的夢，你化成魚
蟄伏於礁岩的深處
即將成形的浪花與潮夕
無聲的沉落
在夢境，敲擊另一個夢
你將記起我的名字
像銀河緩緩穿透洋流
繡滿光的雲影，繡上
如風的翅翼，想你是魚
游出我溫柔的夜

推薦序／說故事的高手

郝譽翔

我和湘綾結識已經二十多年了，從她還是個穿短裙長靴青春洋溢的少女，到如今我們都有了些年紀，也各自經歷了人生的起伏，領會到其中難以言喻的甘苦酸甜，然而令我既感動又佩服的是，湘綾對於文字和說故事的執著，卻一路走來始終沒變。

她成了一個最忠誠的寫作者，嬌小的體內，也彷彿藏著說也說不完的故事，從昔日的都會時髦女性，到後來的原住民部落，乃至這本《鱗》中充滿推理恐怖氛圍的心理分析小說，湘綾每一出手，都翻出了一個全新的格局和題材，總讓我不禁要感嘆，她簡直像是《一千零一夜》的女主角山魯佐德，隨著夜幕降臨，就能雙手一揮，召喚出千變萬化令人目眩神迷的精彩故事。

湘綾也顯然越來越精通說故事的技巧，在《鱗》中她以簡潔明快的文字，流利切換的場景，塑造出社會中各階層的人物，從貴婦、風水師到下階層的工人百姓，他們的生命在偶然之間相會在一起，碰撞出玄妙不可思議的情節。湘綾不動聲色步步設下伏筆，導引讀者走向小說的結局，畫面既驚悚鮮明，又充滿了象徵寓意。

讀到《鱗》，我感到湘綾已經是一個成熟的小說創作者，她編織故事的想像力更令我羨慕，那必定是出於對人生百態敏銳的觀察，才能幻化成如此乾淨俐落的文字，讓讀者充分被故事的懸疑勾引，而浸潤在閱讀的樂趣之中，悠然忘返。讀完後，我更不禁要期待起湘綾的下一本作品，不知下一回，這個說故事的高手又將會帶給我們什麼樣的驚奇？！

郝譽翔

國立臺北教育大學語文與創作學系、臺灣文化研究所教授，曾獲金鼎獎圖書類文學獎、中山文藝創作獎、臺北文學獎、新聞局優良電影劇本獎等。

推薦序／門口的紅龍

曾大衡

我記得大概是幼稚園的時候，有很長一段時間是住在二姑家裡。二姑丈養了一隻將近一米，專吃蟑螂的紅龍，並將它孤單放在進門的大魚缸裡，終日開著能照映七彩鱗片的燈光。我總喜歡在沒人的時候，偷偷拍打魚缸的玻璃來嚇唬牠，每次看到優美典雅漫遊的紅龍，被我這麼驚天一拍，嚇得四處閃躲攪動，我就覺得十分有趣，即便總會被長輩大聲斥責，但我總是伺機尋找下一個拍缸驚嚇的機會。

某一天半夜起床小解後的我，聽到了似乎有水被攪動的聲響。我循聲而去，在漆黑一片的房內，先映入眼簾的是紅龍鱗片透過燈光反射著七彩的顏色，而魚缸內的紅龍不停的翻攪，就像是有人不停地拍打讓牠受到無比的驚嚇，但魚缸前空無一人，而且唯一會這麼做的，就是眼看這一切發生的我。突然，一陣寒意襲來，我全身起了雞皮疙瘩，開始胡思亂想，難道有我看不見的人也一樣跟我愛嬉鬧，拍打著紅龍覺得有趣？！我三步併作兩步衝上樓搖醒熟睡的表哥，拉著他來到了紅龍的魚缸前，緊張地要他看看詭異的景象，只見表哥氣定神閒地把地下的插座插好，馬達的聲音再度響起，原本激動的紅龍也慢慢地淡定下來。原來，是供氧的馬達插座鬆脫了，水裡的氧氣不夠，才讓紅龍有了不適的舉動，而我已然濕透的內衣褲，原來都是自己嚇自己的胡思亂想。

在大姐的作品中，刻畫的人物，描述的場景，都讓你彷彿似曾相似。「桃林閣」不就像是我住的社區；宋太太不就像是巷口那棟豪宅的陳媽媽；而主角江辰不就像是十幾二十年前，愛刨根究底、好奇尚異的自己嗎？！

真正讓人感到恐懼的，我想不會是一個萬年吸血鬼的復活，也不會是一個穿著紅衣的小女孩；真正讓人萬分恐懼的，往往是發生在你最熟悉的人事物裡。在大姐筆下的奇想驚悚，就是那些看似平常卻超脫日常的非凡。

如果你家裡的魚缸常常有魚死掉的話，記得半夜起來檢查一下。但請小心，因為不會像我碰到插頭鬆脫一樣那麼簡單的。

曾大衡

編劇、導演、製作人。

自序／蝶

火車，就要進站了。我看見你，站在初秋的早晨，笑意微微。揮動著，你那雙白皙修長的手。追憶著，往日的你，是怎麼敞開房間薄薄的窗，讓曙光中的蝴蝶，輕輕飛入掌心，讓閃動著朝露，將要離枝的花瓣，為你，召喚前世的芬芳。

想你，是否會在秋意漸深的窗前，黯沉的日子裡，擦亮你的小提琴，悄悄撥動它的弦，如暗暗敲擊著，世界漸次冰冷的心，像此刻，站在眾聲喧嘩，人來人往的車站，為這莫名寂寥的城市，越來越幽深的季節，演奏一首溫柔的歌，一曲玫瑰般甜蜜的旋律。讓迷路的蝶相信，即便是離情依依的秋日，花落塵土，也能這麼詩意翩翩。

或許，迄今被升學壓力，猶如藤蔓纏繞著的你，什麼也不能做，只能像隻被黏貼在雪白柔軟紙上，受困的蝶，看著繽紛的雙翼，失去飛翔的自由。靜靜回望著，耀眼的時光，你和你的稚氣灑脫，如何在南方濱海的小鎮，垂釣一整座蔚藍的像夢的海洋。那時的你，燦爛奪目如初昇的朝陽，如蝶一展翅，整個天空，都是你馳騁的綠野。

即連火車進站，汽笛鳴起的節奏，都洋溢著你，青春肆意的聲息，時光記得你微笑的眼睛，彷彿飛行在秋日不滅的旅程。彷彿世界聽得見你，張開被季節遺忘的薄翼，一次次揮動想像的翅膀，渴望從堆疊的書林中，飛出遼闊的自由。

而我，靜心等候，如蝶翩翩的你，振翅飛進我，神祕又離奇的故事。在秋日，如詩的窗前。

目次

散文詩／章家祥

曾獲2016、2017年原住民文學獎新詩類優選。詩作散見各報副刊。

內頁攝影配圖／王俊智

作品散見各報副刊。

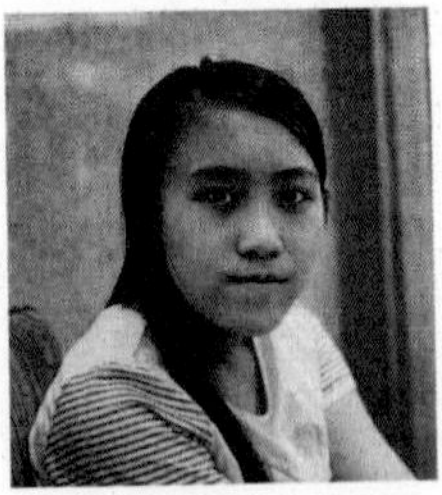

散文詩／胡靖偲

放飛

攝影：王俊智

當我翱翔於天際

章家祥

向魔神乞討一雙翱翔於天際的翅膀。裝上它們恍若眼下的
記憶揮之而去，遙望
尚未抵達的波光粼粼的海洋啊，
我想成為能優游於大洋的飛魚。
是背棄了神的天使嗎？多麼可笑，
成為了自由的物件，我就已脫離枷鎖上的塵土。
當我翱翔於天際，多麼無拘無束，那麼巨大。嘎然
止於，懂了自己仍是天空的囚徒，從陸地走向海洋，
再自願走向
那一塊名為自由的藍天，永永遠遠地自由。
當我翱翔於天際，劃上一道隨即消失的傷痕，
來來回回，展開強壯的雙翅，
劃破海浪的嘲笑，還有純白雲海的詭譎。
當翱翔於天際，我渴望一雙痠疼的腳。

從桃林閣十八樓陽台往上眺望，有那麼一瞬間，江辰以為可以摸到天邊閃爍的星星，將這夢想的寶石，收攬過來也藏進書房，任由燦爛的星辰，喚醒曾經美好的時光。

升上國二每個周末晚上，江辰喜歡帶著金剛鸚鵡宙斯來到外婆位於十八樓的宅邸，獨自站在陽台午夜的風中，看著宙斯遨遊於墨藍的星空，念著若能如宙斯肆意的飛翔，屆時人生都能率性而為。

每回出去賞月的宙斯，環飛桃林閣花園數圈後，不忘停在江辰的肩頭，開懷地鳴叫了起來，彷彿說：「江辰，若你能飛，就不用躲在這兒，羨慕我了。」

這時江辰總會幫貪玩的宙斯備好清脆的蘋果，微笑探問：「宙斯，去了那麼久，可有遇見什麼，看到小廖家的果兒飛去哪？」

才對宙斯提起果兒，江辰的手機就響了，是馴鸚師小廖打來的，提醒江辰記得帶金剛鸚鵡宙斯參加兩週後在愛鸚俱樂部舉辦的聯誼活動，那天會有來自各地的鸚鵡愛好者，帶著他們從小飼養的寶貝一起參加「放飛」賽，比比看誰家的鸚鵡聰明，靈敏度高又辨識方位能力強。小廖以為江辰和宙斯絕佳的默契，肯定能在愛鸚俱樂部的「放飛」賽中拔得頭籌。

禁不住小廖再三勸說，江辰居然有些動心，又想瞞著母親楊儀跑去參加小廖所說的刺激比賽。想大考剛結束，偶爾放鬆帶宙斯出門晃晃，母親楊儀應該會允諾。因為起了念想，江辰遂將小廖留在line上的俱樂部資料，前後讀了幾回，認定是安全的戶外活動，足以說服母親楊儀，才去電告知小廖，會依約帶宙斯參賽。

於是為瞭解「敵情」，探知其他參賽者的飛行實力究竟如何，江辰透過網路查探起俱樂部的底細，更加入愛鸚群組，念著他默默無名，大約沒人理。天曉得才在line留言，隨即有個渾號瘸子吳的上線搭話了。一開口，便是三字經，問江辰是不是小廖拉進來的打手，想來愛鸚這兒搶頭采。若是，叫江辰省省心，他們愛鸚的兄弟不是吃軟飯的，容不得人來踢館。江辰見這粗俗又挑釁的留話，後悔先前草率的決定，不該為了貪玩好勝，輕易答應小廖的邀約。

見江辰久無回音，line上的瘸子吳自覺無趣，竟跟著下線。一場突發的口舌之爭，隨著江辰的消失，劃上了句點。半小時過去，在十八樓外婆家溫書的江辰，手機猛然響了起來。只聞電話那頭傳來陌生的聲音：「喂，以為已讀不回，就逮不著你嘛，告訴你，老子本領大到嚇死你，念你還是中二的小鬼，今天就放你一馬。下回上線，記得先跟我報備，這是愛鸚俱樂部的門規。」

那瘸子吳滿口江湖道義，江辰聽得一頭霧水，心想這是誰啊，怎麼會有他的手機號碼，還曉得他唸國二。啊，是報名表，肯定是不久前上傳的參賽報名表出了問題。可江辰記得報名表是寄給愛鸚俱樂部會長的啊。難不成這線上滿嘴胡話的瘸子吳，就是小廖口中，擁有多隻絕美金剛鸚鵡的會長吳董。

隔日一早，江辰接到小廖致歉的電話，盡說瘸子吳是豪放不拘的養鸚前輩，平常愛說笑慣了，昨晚在line不過見江辰年幼，想逗逗他這個小老弟罷了，並無惡意。又瘸子吳講話雖粗鄙了些，但私下對朋友卻是肝膽相照的。小廖清楚江辰出身名門，對於瘸子吳口無遮攔，自是十分嫌惡。說不準，以為愛鸚俱樂部成員，九成九非奸即盜，心底正盤算著，推掉即將舉辦的「放飛」大賽。

江辰聽了解釋，並未告知小廖的去留。念著瘸子吳即便不是地痞流氓，卻同江家交往的人相距甚遠。若母親楊儀得知兒子要同這樣的「會長」為友，斷然不會肯的。近朱者赤，近墨者黑，向來是母親教養江辰不變的原則。

小廖見江辰反應冷淡，曉得多說無益。過些時日，等江辰氣消或許能挽回。因為小廖清楚，從江辰飼養金剛鸚鵡宙斯那天起，便期盼終有一日，宙斯能翱翔於山海之間，無論宙斯飛的多高多遠，一旦聽聞江辰的哨聲呼喚，就會重新回到他的身邊。到了那日，宙斯再也不必受到繩索繫絆，勿需忍耐鐵鍊綑綁，限制飛翔的疼痛，真正擁有自由。

兩週後，江辰在愛鸚群組得知俱樂部出了事，原先預定舉辦的「放飛」賽臨時取消。這天晚自習，若非同班好友林秀透露，江辰絕不會知道瘸子吳就在和他口角那夜神祕失蹤。古怪的是，昨日小廖帶灰鸚鵡果兒來找宙斯出遊，卻對失蹤的事絕口不提。江辰回想起小廖為了瘸子吳，是如何低聲下氣求江辰參賽，怎麼現在最敬佩的瘸子吳不見了，小廖不單不四處找人，還跑來找江辰騎車去河濱公園兜風。就好像瘸子吳的生死，同小廖再不相干。

林秀會加入愛鸚群組，聽聞就是小廖引薦。比江辰幸運的，林秀加入愛鸚群組第一天，並未碰上如瘸子吳這樣的無賴，而是結識了美麗的名模莎莉。莎莉和林秀都豢養小巧可愛的玄鳳鸚鵡，因為同是玄鳳的主人，自有聊不完的話題，加上莎莉妙語如珠，更讓害羞寡言的林秀，覺得終於結交了一位有趣的知音。而瘸子吳神祕失蹤，正是莎莉洩露出來的。莎莉對林秀耽憂的說：「瘸子吳在愛鸚俱樂部作風強悍，樹敵太多，早有眼紅的人，想找機會滅了他。」

江辰對莎莉的猜測苦無實證，證實瘸子吳確如莎莉所言，在愛鸚俱樂部橫行霸道，為會員們唾棄。誠然這一切都是莎莉的片面之詞。某日放學，以往早被家中司機接走的林秀，居然還在教室畫圖。江辰瞧林秀攤開一張雪白的畫紙，隨意拿起放在桌上的色筆，對著手機裡江辰傳來的宙斯照片，輕輕的描摩起來。那寫意傳神的筆觸，彷彿金剛鸚鵡宙斯就在林秀的面前，朝著林秀靈動的眼眸，張開絢麗的翅膀。剎那間江辰看傻了，覺得素日羞澀內斂的林秀竟有不為人知的耀眼光芒，令他無比羨慕的才華。難怪美術老師只要提及寫生素描，總愛叫林秀到黑板上即席創作，那時坐在台下哄鬧說笑的同學，往往片刻便安靜了下來，因為誰都不想錯過林秀微妙微肖的精采畫作。

等班上的人都快走光了，林秀特意為江辰所繪的「宙斯夜行圖」，也在校園路燈亮起的時候大功告成。回家以後，江辰興奮的把林秀送的「宙斯夜行圖」裝框放在十八樓書房，想像室內暈黃的燈影，是窗外溫柔的月光，將夢中水色的風景，疊映於林秀絕塵的畫作。宛如宙斯身上每一根輕盈的羽翼，每一種鮮麗的顏色，每一回在風中飛翔的英姿，都是林秀畫作不容錯過的用心。由於看的份外入神，才會驚覺畫中宙斯腳上的掛環，竟然變了顏色，不單如此，腳環上號碼，也從單號變成了雙數。

天啊，這究竟是怎麼回事？江辰慌亂的猜忌著，難不成是林秀故意拿宙斯的畫來嚇唬他，以報復他日常偶爾的輕蔑。不，不會的，林秀不是那種人，若要找他麻煩，方法多的是，林秀不必裝模作樣的留在教室作畫送他，既然林秀的畫沒有問題，那問題肯定出在轉傳的照片。

宙斯的照片不是江辰拍的，而是馴鸚師小廖的傑作。那回江辰因暑休同父母到歐洲渡假，便把金剛鸚鵡宙斯託付小廖代為照顧。聽聞體貼周到的小廖，常常領著宙斯和果兒到各地「放飛」，以培訓鸚鵡的飛行實力，讓牠們能夠更加靈敏精準的控制風向，不讓飛行的雀躍感，模糊了返航的辨識力。小廖那時還開心的向江辰炫耀，帶拉風的宙斯出去「放飛」，讓他成了養鸚界的偶像。

放下林秀的畫，江辰檢查起宙斯腳上的扣環，就近一看，咦，沒變啊，環上的數字仍是單號，並未如畫中照片顯示的雙數。而宙斯脖子上，仍裹著一圈灰色的羽翼。那麼相片上那隻酷似宙斯的金剛鸚鵡，到底從何而來。機敏的江辰明白，若是直接去電盤問，以小廖的滑頭，必然不會承認。

江辰苦思良久，無法洞悉小廖的企圖。直至念及風水師爺爺江鶴才恍然大悟，小廖相中宙斯的，不是飛行速度，而是宙斯與生俱來的通靈能力。江辰想起他曾在小廖跟前炫耀宙斯追隨爺爺江鶴為人看風水，為陰間媒介的功德偉業，無疑讓宙斯成了小廖訛財詐騙的工具。儘管江辰對小廖可能的惡行氣憤不已，仍需找出證據，坐實小廖的罪行。唯今一計，只有主動聯繫小廖，找出犯案線索。而最好的藉口，便是鸚切愛鸚俱樂部的「放飛」賽，究竟何時重新舉行。

令江辰氣餒的是，連續打了幾天電話給小廖，不是沒人接，就是進入語音信箱。即便江辰騎車到小廖的住處，無論門鈴按多久，仍沒有半個鬼影應門。有回按鈴的聲響太吵，還驚動了老房東余阿斗探問，為何找小廖，找得那麼急，該不會這混蛋又去簽賭。

江辰瞧余阿斗邊說邊氣得拿拐杖打小廖的房門：「這沒出息的東西，成天只會玩鸚鵡賭錢，遲早被我轟出去睡大街。」爾後，余阿斗又拉著江辰，抱怨小廖種種離譜的行徑，說小廖國中畢業，就跟著一個叫瘸子吳的混江湖。什麼偷雞摸狗的事都幹過，有時缺錢連鬼神都敢騙。前幾年瘸子吳玩期貨股票狠狠撈了一筆，從此由混江湖的搖身變為地方士紳吳董，學上流社會養身價百萬的鸚鵡當寵物。後來小廖還幫瘸子吳成立了愛鸚俱樂部，在網路號召玩家，檯面說是交流養鸚心得，實際透過每次「放飛」詐賭。賭資之高，令人乍舌。有幾次被內賊密告，比賽還因此取消。這麼說來，上回愛鸚群組的「放飛」臨時取消，應是被警方查獲比賽有聚賭的嫌疑，以致瘸子吳不是神祕失蹤，而是畏罪潛逃。那麼跟瘸子吳一伙的小廖，自然不會對外張揚瘸子吳的下落。

瘸子吳和小廖陸續失蹤，沒多久便在愛鸚群組傳開，開始有人在line放消息，說瘸子吳和小廖狼狽為奸，訛了會員不少錢，由於東窗事發，為閃避大家的催討，乾脆不露面。瘸子吳這幾年黑道背景雖然漂白，但仇家緊迫盯人，只等著瘸子吳樹倒猢猻散，新恨舊怨一筆算。儘管愛鸚群組爭相抱怨瘸子吳將大家推入錢坑，仍有受過瘸子吳恩惠的，跳出來替藏頭縮尾的老江湖辯白，將「放飛」聚賭的責任，全扔給替瘸子吳跑腿的小廖。他們指證歷歷，說小廖仗著有幾分馴鸚的本事，就將瘸子吳玩弄於股掌之間，讓瘸子吳在錢坑裡越陷越深，以致無法自拔。

實情當真這樣？江辰懷疑極可能是煙霧彈，有人想趁亂打劫，利用小廖幫瘸子吳脫罪。當江辰盯著手機螢幕，愛鸚群組line上不斷跳出的訊息，住家的電鈴響了，是快遞。江辰聽奶奶姚美對著書房喊道：「小辰啊，有人送東西給你，快出來簽名。一大箱包的密密實實的，該不會是你幫宙斯買的新玩具吧，你這孩子，簡直要把這隻鸚鵡給慣壞了。」

江辰早習慣奶奶姚美對他的叼絮，想疼愛他的老人家個性簡樸，不願家境富裕的孫子太過奢侈，不知愛物惜情，成了揮霍無度的闊少，那可不是她所樂見的。一會江辰簽完名，便將快遞手中的箱子搬進屋，即連奶奶姚美都好奇起箱子究竟裝了什麼。等江辰俐落的以美工刀劃開繩索，往箱內探頭一望，兩眼不覺驚呆，箱中居然擺放著幾十顆尚未孵化的鳥蛋。那一粒粒雪白透亮的蛋，分明是金剛鸚鵡還沒出世的雛鳥。這下江辰當真六神無主了，不知是誰跟他開的玩笑，竟把價值不菲的鳥蛋，寄給他一個毛頭小子保管。不，不是託付，應該說是有心栽贓，想把這燙手山竽，丟給他來收拾。

江辰揣測拿他當墊背的，除了馴鸚師小廖，絕無旁人。念著不知躲在何處的小廖，為保住鳥蛋不被警方查獲，唯有冒險郵寄給江辰，方能萬無一失。那麼就算警方翻遍愛鸚俱樂部，依舊查不出小廖實際的犯罪證據，將小廖以「走私保育類動物」法辦。因為誰也想不到小廖會把金剛鸚鵡蛋送到離愛鸚俱樂部不到一公里外的高級住宅區「桃林閣」掩藏，當然更猜不著慣犯小廖會把鳥蛋寄給住居於「桃林閣」家世背景單純的國二生江辰。

見江辰打開箱子，整個人傻住，愛孫心切的姚美十分擔憂，打算通知丈夫江鶴，為孫兒解決燃眉之急。手機正要撥出去，卻被江辰按住：「先別告訴爺爺，我會想法子解決的。還有，絕對要瞞住媽，我怕她曉得了，會把整件事鬧大。」

末了江辰在奶奶姚美協助下，掩人耳目的把那幾十顆金剛鸚鵡蛋，小心翼翼的搬往十八樓外婆家暫且藏匿。將箱子藏好之後，奶奶姚美仍是擔心，怕這來歷不明的鳥蛋會孵化出一隻隻嘰嘰喳喳的小鳥，屆時金剛鸚鵡震耳欲聾的鳴叫聲，肯定驚動住在「桃林閣」的達官顯貴，萬一他們認真追究起聲音的源頭，她的寶貝金孫江辰絕對脫離不了關係。誰叫江辰是「桃林閣」唯一擁有金剛鸚鵡的飼主，自然嫌疑最重。奶奶姚美光是念及，相關單位可能派出員警跑到十八樓翻箱倒櫃的搜查，就覺得心驚膽顫也坐立不安，後悔不該聽信江辰的話，把這隨時會蹦出金剛鸚鵡的鳥蛋往親家的宅邸藏。處事冷靜的江辰，見奶奶姚美面有難色，便出言安慰：「您犯不著擔心。這鳥蛋價值高，寄的人，又不是傻子，必然會來取走。我們且等著，相信這兩日，就有消息。」

入夜，江辰的手機，果真響了起來，急切的鈴聲，惹的金剛鸚鸚宙斯，跟著厲聲鳴叫。一如江辰所料，手機那頭，傳來熟悉的男聲，是消失多時的馴鸚師小廖。江辰只聞小廖微微諾諾坦承，那藏有數十顆昂貴鳥蛋的箱子，確實是他寄給江辰保管的救命寶貝，他會委託江辰，也是情非得已，哀號的哭求江辰，在他把鳥蛋取走之前，念在過去的情份上，千萬別走露風聲，引來警方的查緝。又說這批貨，若被沒收，瘸子吳絕不會放過他，既連愛鸚俱樂部，也會置他於死地。

掛上手機，江辰想起小廖的臨陣脫逃，該不會和這幾天的熱門新聞有關。近日報導指出，天行機場海關接獲線報，有人要以糖果包裝的方式走私，查緝人員在安檢X光機前攔阻，赫然發現，層層厚棉墊裡包的竟然是一顆顆金剛鸚鵡蛋。甚至因為時間沒算好，有些蛋已經孵化，雛鳥在盒子裡，拼命叫個不停。查獲嫌犯先是購入一顆價值四萬元的鸚鵡蛋，再以八萬元轉賣到國外，藉此賺取暴利。

之後記者追蹤訪問到查獲的海關人員，聽他們訝異的形容，當時拆開箱子，嚇的差點手軟，沒料到裝著糖果的紙箱，竟會立著一顆顆鸚鵡蛋。更誇張的是，在這樣狹小的空間裡，居然塞了剛出生、會動會叫的鸚鵡寶寶。而這些走私的鸚鵡蛋大小不一、品種不一，蛋殼上面用色筆分門別類，最大顆的是琉璃金剛鸚鵡，其次是非洲灰鸚鵡和金太陽、小太陽鸚鵡，總市值高達三百萬。

如此看來，小廖寄給江辰的幾十顆鸚鵡走私蛋，極可能是天行機場闖關的漏網之魚。小廖會遭追殺，也許與這批售價昂貴的金剛鸚鵡蛋有關。只是讓江辰不解，以小廖一個住在老社區舊公寓，每月薪資微薄的馴鸚師，何以買得起一顆價值幾萬塊的金剛鸚鵡蛋。若不是小廖向吃人不眨眼的地下錢莊高利貸款，就是有誰在背後替小廖出錢撐腰，利用小廖當人頭做了這筆不成功便成仁的買賣。

午夜時分，江辰沉寂的手機又震動了，對方始終沒有出聲，只是對著江辰的耳朵一直喘氣，那聽來極其濃濁的鼻音，像是渾身充滿酒味的老菸槍。江辰不記得認識這樣的人，想可能是同學惡作劇，故意拿網路買來的變聲器測試江辰的膽量，期待他們恐怖的喘息，能讓膽大心細的江辰，嚇得面如土灰。

但江辰偏偏是樂於冒險的少年，越是新奇詭譎的事物，越能引發他一窺究竟的決心。以致同學耍猴的把戲，往往被機敏的江辰當場拆穿。沒一會手機內，讓江辰不快的喘息，不知為何變成痛苦的呻吟。電話那頭似乎有人被重物襲擊，躺在地上喊疼求饒。仔細聽，叫的哀痛難耐的，竟是年過七旬的老房東余阿斗。

「你這死老頭，我不過欠你幾個月房租，你居然跑去報案，害我那批貨被海關查獲，現在你還想騙江辰。還好我發現的早，要不幾百萬的貨，不就進了你的口袋。」像是小廖的怒斥，正從江辰的手機裡傳來。

「唉喲喂，好疼啊。你這混蛋，今天就是把我打死了，我也不會告訴你，莎莉把瘸子吳關在那兒等死。除非愛鸚俱樂部如期在李議員家田埂舉行比賽，否則你就等著幫瘸子吳收屍吧。」余阿斗縮在牆腳威嚇小廖。

莎莉？莎莉把瘸子吳關在那兒等死？怎麼會？莎莉不是告訴林秀最近在巴黎參加時裝秀，所以要林秀留意愛鸚群組動態，說她實在擔心瘸子吳，怕這作風爽快的會長遭人暗算。江辰從手機裡聽到余阿斗提起莎莉，除了震驚外，更感到那數十顆金剛鸚鵡蛋，絕非像小廖哀求的，是為了儘快高價出售，以償還積欠的賭債。

「姓余的算你狠。不過我警告你，若莎莉膽敢對瘸子吳下手，愛鸚俱樂部絕非省油的燈。你去告訴莎莉，一周後放飛賽準時在田埂舉行。」小廖對余阿斗撂下狠話，便重重將手機摔在地上，那劇烈的撞擊險些震破江辰的耳膜。

隔日到學校上課，江辰來不及開口，林秀便神祕兮兮的附耳：「昨晚聽莎莉說，你家有金剛鸚鵡蛋，是小廖的走私貨。江辰，那可是違法的啊，你再怎麼同情小廖也不該幫他這種忙，萬一讓你爸媽知道了，可不得了。」

江辰不敢相信林秀竟得知小廖對他的委託，不過一夜的功夫，這誤觸法網的勾當，眼看就要傳的人盡皆知。因為憂慮，江辰只得懇求林秀隱瞞，聯絡小廖將藏在十八樓書房的鳥蛋趕緊取走。

「莎莉不是在巴黎走秀？怎麼會告訴你這些消息。」江辰沒好氣的追問忙著演算數學的林秀。

「別發火嘛，莎莉也是好意。因為她爸爸是小廖的房東，知道小廖販賣保育類鳥蛋賺錢。莎莉還說愛鸚俱樂部可能是非法組織，藉著放飛賽劫走會員的高價鸚鵡祕密繁殖交配。」林秀見江辰雙眼圓睜的盯著他，急忙替莎莉解釋。

「莎莉人呢，究竟是在國內，還是巴黎？」江辰並未對林秀生氣。江辰比較在意的是，為何莎莉要把小廖走私保育類鳥蛋的事，刻意洩露出來。

當天留在學校自習的林秀，和江辰一起吃過晚餐，就沒有回到教室。直到警衛室通知班導，說半小時前，有輛銀色跑車停在校門，一個留著大波浪捲髮且身材高挑的漂亮女人對著林秀微笑招手，示意林秀坐上車子。警衛見了，雖然追出去探問，告知除了家長以外，若無林秀家人證明，是不能任意帶走學生。可那女人手上竟有林秀父親的親筆委託書，警衛無奈之下只好放行。

從學校回家，江辰憂心林秀的安危，除去電林家打探，更在林秀的line留言，期盼會有回音。等了整晚，就當江辰快要放棄，手機突然傳來林秀的消息。是莎莉，林秀在愛鸚群組認識的朋友。江辰只見莎莉在簡訊寫道：「林秀回家了。可下回，我就不敢保證。除非你願意拿小廖的箱子，來換取林秀的平安。」

莎莉的簡訊，怎麼讀都像是恐嚇。江辰沒料到莎莉會以林秀的安危要挾他就範，為了那幾十顆藏在十八樓書房的金剛鸚鵡蛋，不惜企圖綁架林秀。今晚的虛驚一場是警告，那來日呢？若是拒絕莎莉的索求，豈不陷林秀於險境。唯今江辰最穩妥的辦法，只能對小廖背信，將這燙手山竽的走私蛋儘快交給警方處理，讓生活回歸原來的平靜，以保住林秀的生命安全。

但還是遲了一步。奶奶姚美發現藏匿於十八樓書房的金剛鸚鵡蛋，不知何時被人劫走，只留下空蕩蕩的紙箱，靜靜躺在櫃子裡。江辰聽奶奶姚美驚惶的說，鐵門的鎖是被人撬開的，屋裡的防盜系統全數失靈，照這種情形看，能在保全效果奇佳的「桃林閣」盜取珍貴物件的，必然是慣竊無疑。江辰一方撫慰不安的奶奶姚美，一方揣測竊走鳥蛋究竟何方神聖。是故弄玄虛又堅守自盜的馴鸚師小廖，還是以林秀安危做為要挾的名模莎莉，亦或是神祕失蹤的老大癟子吳？

金剛鸚鵡蛋憑空消失了，難以預知的麻煩，卻如奔騰的大海即將席捲而來。呆坐於十八樓書房的江辰面對隱隱的脅迫，內心十分恐慌，憂懼莎莉若曉得鳥蛋丟了，該不會真把林秀綁架吧。思慮太多終究無濟於事，江辰自我安慰，倒不如到愛鸚群組查探日前余阿斗逼迫小廖的承諾是否屬實。上線後果真看到愛鸚群組正亢奮的討論再過幾天，在李議員家佔地百畝的稻田舉辦的比賽。聽說促成這次「放飛」，是國內養鸚界前輩佘阿斗和他的千金莎莉。此外為了讓競賽更加冠蓋雲集，名模莎莉並利用豐富的人脈，邀請知名企業出資贊助所有的競賽經費和獎金，務求來參加「放飛」的愛鸚人士，能夠賓至如歸。

江辰越看越糊塗了。印象中那個骨肉如柴的老房東佘阿斗，竟是深藏不露的養鸚前輩，更使江辰意外的是，林秀心儀的莎莉，真是響譽時尚界的國際名模。這樣財力堪稱雄厚的父女，手頭上應該不缺資金才對，為何會對負債累累又落難跑路的小廖窮追猛打，非要冒著被警方查緝的風險，都要追回小廖走私的鳥蛋。

為了解開心中疑惑，江辰一雙秀逸的眼睛繼續盯著手機螢幕上閃現的訊息，示圖從愛鸚群組的熱議裡，找出更多解謎的線索。

「聽說這次放飛，參加的鸚鵡全是各方精選出來的好手，牠們的飼主更是非富即貴呢。」愛鸚群組上綽號狂牛的，連聲驚嘆。

「是啊，是啊。這次比賽的格局遠比瘸子吳過去辦的放飛賽大的多。光是高價頂級的鸚鵡，像是灰鸚鵡、金剛鸚鵡、琉璃金剛鸚鵡都在參賽名單中耶。那天的比賽肯定很有看頭。」名字小鬼的組員期待的附和。

「幸好，帥氣的李議員提供場地讓我們辦活動。在稻香滿溢的田埂上放飛，這還是頭一遭呢。小廖說，那天李議員也會去，真是期待啊。對了，差點忘了告訴大家，我聽說莎莉正和李議員祕密交往呢。帥哥美女，真是天造地設的一雙啊。」那個叫美美的李議員頭號粉絲雀躍的說。

「那瘸子吳會來嘛。每次放飛都是他鳴哨開賽的啊。少了他怎麼行呢。你們誰曉得瘸子吳的行蹤啊。去年莎莉和瘸子吳不是要請大家喝喜酒嗎？怎麼莎莉變心了啊，何時攀上李議員，就把瘸子吳給甩了，也不想想她能有今天的局面，是誰給她的恩賜啊。」狂牛似乎是愛鸚俱樂部會長瘸子吳的拜把小弟，自然對美美無心提及的誹聞十分惱怒。

「瘸子吳哪比得上出身顯赫的李議員啊，他不過是個過氣老大，仗著以前混江湖的舊勢力，幫我們愛鸚俱樂部一點小忙。真要叫瘸子吳出面扛事情，那人跑得比誰都快。像這次放飛突然取消，不就是他出了事嘛。到頭來還溜掉，把責任丟給小廖去扛。像這種渣男，莎莉不嫁也罷。」美美聽了狂牛在線上的咆嘯，忍不住回嘴頂撞。

「好啦。好啦。大家都別吵了。無論是瘸子吳，還是李議員，只要是願意幫愛鸚俱樂部圓夢放飛的，都是我們的貴人。小廖要我轉告大家，別忘了放飛當天，帶著你們心愛的鸚鵡參賽。當日除了有精采的賽程，小廖更會帶來意外的驚喜哦。」小鬼不願愛鸚群組的人，因為口角，傷了彼此的和氣，遂出面打圓場。

小廖究竟在放飛當天，要給愛鸚俱樂部什麼意外驚喜？江辰一路將愛鸚群組上的爭議看得仔細，驚訝的察覺小廖、瘸子吳、余阿斗、莎莉和李議員，這最初看似乎毫無牽連的五人，原來彼此竟有錯綜複雜的關係。現今若非網路通訊發達，恐怕江辰要發現他們隱而不語的「貓膩」，就要等到下輩子了。

為了追查金剛鸚鵡蛋究竟為誰所竊，江辰決定聽從同學林秀的勸說，與林秀連袂參加幾日後在李議員家田埂所舉辦的「放飛」。屆時江辰想見的人全在那兒現身。如今沒有馴鸚師小廖的協助，江辰和林秀只能仰仗與鸚鵡的默契，利用假期到「桃林閣」附近的河濱公園練習「放飛」，務求讓他的金剛鸚鵡宙斯和林秀的紅太陽鸚鵡QQ，能夠精準的在各種風速辨別方向，不被途中任何事物影響，或因飛行體力不支任意找地方棲息，而停留在陌生人肩頭。這是「放飛」比賽的大忌，亦是取消勝選資格的關鍵，江辰不可不謹慎，同林秀從長計議。

還好江辰和林秀是十幾歲的少年，料定愛鸚俱樂部的鸚鵡玩家，絕不會把兩個毛小孩放在眼裡。如此正好，江辰才可以讓飛行力奇佳的金剛鸚鵡宙斯一鳥當先，贏得小廖的意外驚喜，說不定能一舉揭發愛鸚俱樂部所有的陰暗。另方面，自從金剛鸚鵡蛋在江辰十八樓外婆家遭竊，奶奶姚美不得不厚著老臉跟兒媳楊儀吐實，一塊到桃林閣外的警局備案，以防相關單位追查，她和寶貝孫兒江辰都要吃上官司。所幸警方得知他們為人所害，才會收下那幾十顆高價的走私蛋從輕量刑，只是警醒下回不可再犯便備案待查。母親楊儀曉得江辰誤交損友，平白鬧出風波，念在獨子是無辜受累也不加追究，仍答應江辰依約「放飛」。

賽前某日午後，江辰騎著奶奶姚美送他的藍色單車，將宙斯繫放於車桿迎著燦爛陽光追著微醺的風，沿途在婆娑的樹影間悠遊穿梭。時而感覺人煙罕至的寂靜巷弄，攀爬於窗邊牆壁的紅花是心頭一抹冷凝的幽香，時而忘情眺望遠山的蒼翠，想像一揮手就能如宙斯飛向遙遠的山野，從此成了蓊鬱森林中快樂無憂的百靈鳥。江辰會喜歡金剛鸚鵡，視宙斯為青春生命裡最重要的伙伴，無非和宙斯一般，有顆貪戀自由的心，有著熱愛冒險的靈魂。

單車快騎到河濱公園，江辰遠遠望見橋墩站著一個熟悉的身影，正朝著江辰歡喜的揮手。來人是林秀，林秀的手臂上站立著羽色鮮美的紅太陽鸚鵡QQ。只瞧QQ眼睛一亮，察覺江辰單車上的金剛鸚鵡宙斯，興奮之餘竟忘我的鳴叫。這一叫不得了，惹得宙斯也隨著QQ爽利的音域叫嚷著。那凌厲的氣勢，瞬間憾動周遭的林葉，跟著莫名的顫抖。不一會兒，兩隻羽色同樣艷麗無比的鸚鵡，便聽著小主人的哨音，開始振翅遨遊於亮閃閃的天空。那時若有誰在河濱公園綠意盎然的林蔭漫步，仰頭張望即能瞧見一大一小的鸚鵡，穿越雪白透明的雲朵，恍若將遼闊的世界，盡攬於牠們羽翼之間。

江辰凝望展翅環飛的金剛鸚鵡宙斯，不由惦念馴鸚師小廖往日放飛的訣竅，憶起小廖在河濱公園教他訓練宙斯的景象。那時江辰只見小廖手一揚，金剛鸚鵡宙斯立刻振翅在空中盤旋飛行，等宙斯繞

了幾圈，想停下來休息，小廖仍高聲朝宙斯叫嚷著：「Go！Go！」，沒一會，宙斯就又飛上高空，繼續盤繞飛行。

江辰記得小廖說，金剛鸚鵡是大型彩色的美洲鸚鵡，也是鸚鵡科中體型及翼展最大的鸚鵡。原生地為森林，特別是墨西哥及中、南美洲的森林。大部分的野生金剛鸚鵡正瀕臨絕種，部分品種開始有人工進行飼養。野生的金剛鸚鵡一般可活三十至四十年，人工飼養的金剛鸚鵡壽命則長達六十年。小孩在沒有成年人的適當指導下，不宜接觸金剛鸚鵡。因為所有金剛鸚鵡都有強而有力的巨喙，可對小孩或成年人造成相當大的傷害。再加上金剛鸚鵡是非常敏感的動物，需要受到尊重及悉心的照料。而牠的叫聲異常響亮，可傳到很遠的距離，原則上是難以飼養的鳥類，飼養於家居之前必須慎重考慮。

以致最初江辰想養金剛鸚鵡宙斯，馴鸚師小廖曾勸江辰要考慮清楚。因為想讓金剛鸚鵡與飼主親近，必需自雛鳥開始訓養，待羽翼長成即訓練放飛，放飛訓練最好每日進行。又為使金剛鸚鵡羽翼豐美，絕不能將宙斯關於鳥籠，更建議江辰日後若想載宙斯外出，最好訂做白鐵材質的鸚鵡站架，以免讓宙斯肖鐵如泥的鳥喙啄壞。此外金剛鸚鵡特別黏飼主，常常飛到主人肩上。而如此親人的金剛鸚鵡異常聰明，非但智商高，更會認主人全力保護，此時若有陌生人想靠近必會受害。

約半年前，爺爺江鶴將一出生便具有通靈能力的金剛鸚鵡宙斯贈與寶貝孫兒江辰，期盼這隻通曉人性的靈鳥，能夠陪伴江辰渡過他青澀的歲月，讓他在面臨危險能預知災厄進而逢凶化吉。為此心思細膩的江辰，對當時才兩個月大羽翼尚未豐實的宙斯自然疼愛有加。每日總會將活潑好動的宙斯捧在掌心親自餵養奶粉從不假手他人，更會在繁忙的課業中抽空陪伴，與宙斯互動玩耍培養感情。不久，藉由馴鸚師小廖的指導協助，逐漸領悟並熟稔「放飛」的技巧。如今江辰在河濱公園對金剛鸚鵡宙斯進行「放飛」訓練，已經能「召之即來，呼之即去」了。

林秀望著江辰與宙斯默契極佳的放飛練習，不免露出羨慕又讚嘆的目光，探問起江辰要如何訓練才能跟QQ心靈契合。對於江辰來說，宙斯從來不是寵物，而是家人。當宙斯開始會飛，江辰每每在餵食時，呼喚牠的名字，讓宙斯聽懂他的話，時間長了，就可以把宙斯放在掌中，試著慢慢放掉牠。若是這時宙斯害怕不敢振翅，再迅速用手去接住，讓宙斯感覺即便飛行失敗，仍有江辰守護的安全感。

江辰提醒對「放飛」懵懂的林秀，等取得了QQ的信任，再來就是要讓牠熟悉放飛場所，適應周遭變化，不要讓ＱＱ受到驚嚇，養成亂落腳的習慣，這樣才有利於將來放飛。江辰深信只要如法炮製，林秀和ＱＱ在未來也能像他跟宙斯一樣，是放飛時的最佳拍檔。

就算江辰和宙斯有再好的默契，仍不敵有人暗中佈下的陷阱。林秀忘不了一個月前江辰跑來找他時慌亂的眼神，說原想趁放假載著宙斯到河濱公園放飛，沒想到宙斯突然聽到不名的笛聲，隨即甩開江辰飛上樹梢，無論江辰怎麼以食物勸誘，宙斯仍不為所動，江辰在無計可施下，開始以一長兩短的哨聲呼喚宙斯，卻始終沒有回應。因為著實擔憂宙斯的安危，江辰更拿出隨身攜帶的空拍機，嘗試以風力及噪音吸引宙斯的注意力。

可惜的是，宙斯非但沒有飛回江辰的肩頭，反到愈飛愈高，越高越遠，甚至有一度江辰便要看不見宙斯振翅疾飛的身影。直到黃昏，林秀以最新的導航系統偵測，才發現宙斯居然飛到了馴鸚師小廖居住的老社區，在那棟看來破舊不堪的公寓頂樓逗留，似乎等著誰來跟牠見面。那時空拍機裡的宙斯看來疲倦極了，恍若被迫飛行了數百公里都不得休息。

入夜以後，不安的江辰在林秀的陪同下，開始亮起手電筒，登上老社區幽暗破敗的階梯，來到小廖公寓的頂樓，再次透過哨音的引導呼喚，皇天不負苦心人，這回總算喚醒了宙斯。終於在頂樓的天台找到宙斯的蹤影。那天晚上，江辰和林秀領著疲憊已極的宙斯下樓，還刻意繞到小廖的住屋，可屋內漆黑一片，半個人影也沒，室外信箱內的廣告郵件、欠繳的帳單倒是快溢了出來。

由此窺探，小廖應該有些時日沒有回家，倘若人在，又怎麼會讓整間屋子搞得像是陰氣森森的鬼屋。當他們要轉身離開小廖的公寓，先前疲憊不堪的宙斯，不知怎地，竟然厲聲鳴叫了起來，就好像小廖的屋內有什麼東西正觸碰了宙斯敏感的神經。雖說當時宙斯的吼叫持續不過幾秒，但在林秀的腦海中，卻猶如翻騰的濤天巨浪，久久無法平息。即便現在，林秀遠眺在河濱公園自由翱翔的宙斯，仍是心有餘悸，念著宙斯突然不聽江辰召喚那日，意外傳來的神祕笛聲究竟是誰？又素來與江辰默契十足的宙斯怎麼會受了笛聲的引誘，傾刻背棄從小撫育牠長大的江辰。

暑假時，小廖受到赴歐旅行江辰的委託，將未滿周歲的宙斯帶往租屋處照顧，並請瘸子吳豢養的愛鸚冥王作伴。由於宙斯和冥王同屬金剛鸚鵡，在外型上極為神似，有時連小廖都無法辨識牠們的身分。儘管宙斯嘹亮高亢的鳴叫、靈動有神的雙瞳、巨大堅硬的鳥喙以及鵝黃的胸翼和鮮藍的雙翅，在外人看來，都和冥王一般無異，仍瞞不過養鸚高手瘸子吳那嗅覺靈敏的鼻子。這瘸子吳憑藉養鸚十數年的真功夫，三兩下就可以從每隻鸚鵡身上散發出來的味道，精準的辨識出牠們真實的身分，並透過那微乎其微的氣息，將江辰具備通靈能力的金剛鸚鵡宙斯，神不知鬼不覺的換成了他的愛鸚冥王，背著江辰做盡了偷龍轉鳳的買賣。

愛鸚俱樂部的人，只知瘸子吳是過氣的黑道大哥，近幾年靠著股票買賣大撈一筆，自此黑道漂白為地方士紳，仗著到處舉辦鸚鵡「放飛」賭局，暗中抽成賺取暴利，卻鮮少人曉得自幼出身江湖的瘸子吳還是祖傳三代的廟公，天生有陰陽眼，具有明辨鬼神的能力。那日瘸子吳在小廖破舊公寓頭一回遇見宙斯，就看穿江辰的金剛鸚鵡宙斯具有靈力，能夠憑藉敏銳的瞳色，視破周遭潛伏的魍魎，為豢養牠的飼主江辰擋煞除魅，而宙斯身上鵝黃的羽翼，形同保安定神的符咒，若有異物近身，只要宙斯展翅成風，即能逼退惡鬼邪靈。

原來瘸子吳的先輩與江辰的爺爺江鶴是同門師兄弟，年少曾共同研習風水易經八卦。後因人各有志，便失去聯繫。瘸子吳若非在金剛鸚鵡宙斯的腳環上，發現他們門派的徽記，絕不會得知宙斯的來歷背景，聞出這隻氣宇軒昂的金剛鸚鵡身上獨特的味道，是風水師江鶴有意的巧妙佈局。正因為同是精於五行風水之術的行家，所以瘸子吳才會冒著被查獲的風險，都要小廖將冥王調包成宙斯，以便來日趁著小廖訓練金剛鸚鵡「放飛」機緣，借走具有強大靈力的宙斯，用符咒操控這隻巨鳥，讓宙斯為他瘸子吳賣命，上通天庭下達地獄，穿梭陰陽無阻。以致不管是簽彩搏金，問神卜卦，招魂懾魄，瘸子吳只要有宙斯現身作保，一樣財源滾滾而來。

或許真是貪心不足蛇吞象，瘸子吳將宙斯換成冥王的詭計，被同樣貪得無厭的小廖看在眼裡，儘覺得瘸子吳倚老賣老，只想獨吞暴利，從未替他效命的兄弟著想，以致人不為己，天誅地滅。小廖竟偷偷背著瘸子吳，將金剛鸚鵡冥王又換回宙斯。帶著瘸子吳已經成年的金剛鸚鵡冥王到處配種，將繁殖下來的鳥蛋，以高於原價兩倍的價格轉售到國外，藉此中保私囊。然而薑是老的辣，小廖終究逃不出老江湖瘸子吳佈下的天羅地網。前陣子小廖在機場海關被查獲的好幾箱金剛鸚鵡蛋，就是瘸子吳透過關係去電告密。

那天晚上，林秀和江辰追尋宙斯放飛失蹤後留下的線索，一路跟到了小廖居住的老社區，終於在舊公寓的天台找到宙斯。當時只覺宙斯疲憊已極，卻不明白這麼短暫的路程，何以讓飛行力旺盛的宙斯如此倦態。這突發的狀況，唯有將宙斯當作是冥王帶去廟裡招魂賺錢的瘸子吳明白。原來江辰當天帶去河濱公園練習放飛，後來聽到莫名笛聲隨即甩開江辰離去的金剛鸚鵡，根本不是宙斯，而是與宙斯極為相像的冥王，瘸子吳豢養了十多年的愛鸚。

詭計多端的瘸子吳利用笛聲召喚將他的冥王，透過無人能察覺的空中放飛，輕而易舉的從江辰手裡奪回，再誘引江辰跟林秀沿途跟蹤一路找到神情恍惚的宙斯。由於時間緊迫，掩身於小廖租屋的瘸子吳和冥王根本來不及逃脫，僅能藏在小廖漆黑的屋裡，等著江辰他們離開。豈料瘸子吳的連環巧計，險些敗給了宙斯與冥王兩隻巨鳥朝夕相處的情誼。當聽力極佳的宙斯經過小廖租屋的窗口，屋內冥王的氣味與聲息隨即刺激了宙斯，讓宙斯瞬間一發不可收拾的鳴叫，差點曝露了瘸子吳的行蹤。

那夜見江辰離去，瘸子吳隨即在小廖的居所查遍了每一個可能藏有鳥蛋的角落，但不管怎麼找都沒有金剛鸚鵡蛋的蹤跡。氣惱之餘，瘸子吳竟憤怒的捶牆，妙的是，這一錘居然捶出了小廖租屋裡的祕室。推牆入內的瘸子吳不敢相信在這佔地不到兩坪的空間，緊貼牆壁的書櫃，每個格層全都放滿了一顆顆價格不菲的鸚鵡蛋，正等著小廖找到買家賺取暴利。難怪這陣子瘸子吳交代小廖擇期放飛，向愛鸚俱樂部設下賭局，小廖總是推三阻四。如此觀看小廖早有私心，想自立門戶走私高價鳥蛋，趁機把瘸子吳出賣，順勢接手他的一片江山。

瘸子吳越想越氣，暗暗決定要讓吃裡扒外的小廖嚐嚐背叛老大痛不欲生的滋味。於是瘸子吳拿起手機打給情婦莎莉，要莎莉在愛鸚群組放消息，就說瘸子吳神祕失蹤，不知是生是死，請莎莉佯裝與李議員交好，為了新戀情不惜痛甩瘸子吳，更要余阿斗扮成莎莉的父親造謠詆毀小廖，以便逼小廖出面尋找瘸子吳，取回瘸子吳從密室竊走的金剛鸚鵡蛋。為求逼真，余阿斗更刺激小廖，透露瘸子吳遭莎莉軟禁，威脅小廖若不重新舉辦「放飛」，賠償莎莉投注賭局的損失，就要將瘸子吳斬殺洩恨，一了百了。

小廖果然上了賊船，被余阿斗的精湛演技矇騙，不惜挺而走險，趁桃林閣的警衛外出，攀爬進江辰十八樓的外婆家，一聲不響拿走了箱子內的金剛鸚鵡蛋，害的江辰和奶奶姚美險些變成小廖非法走私的共犯。除此，據小廖所知，像李議員這樣出身的貴公子，日常一切為政治家族所操控，哪能讓莎莉安心託付終生。而在育幼院長大的莎莉，自小父母雙亡，又從哪冒出一個假老爸余阿斗。機靈的小廖仔細剖析，這分明是騙局，肯定是瘸子吳「黑吃黑」的把戲。如此狡滑的老江湖，莎莉豈能說綁就綁得走的，除非瘸子吳甘願被囚。

因為洞悉瘸子吳的心狠手辣，小廖為了保命，決定斷尾求生，猶似躲避宿敵的壁虎，先跟李議員通風報信，將愛鸚俱樂部這幾年來利用舉辦鸚鵡「放飛」的機會，美其名是鸚鵡同好的聚會，以分享飼養愛鳥的心得，實則設賭開局，背地經營起地下錢莊的生意，讓賭輸的鸚鵡玩家借款立據，揹上龐大的債務，若還不出錢，便拿豢養的名貴鸚鵡抵債，再將這些已列入保育類的珍禽拿去變賣獲利，甚至是大量繁殖昂貴的鳥蛋矇騙海關，藉由走私運送到國外銷售圖利。小廖有十足把握，得了李議員的暗中相挺，即便那瘸子吳是齊天大聖，也無法逃脫李議員如來佛的手掌心。

一週很快就過去了。放飛比賽當日早上十點，愛鸚俱樂部的成員各自帶著心愛的金剛鸚鵡、灰鸚鵡、琉璃金剛鸚鵡、金太陽鸚鵡，陸陸續續來到李議員家一望無際的稻田，等著養鸚前輩余阿斗現身吹哨開賽，讓一隻隻站在飼主頭頂或肩膀或手臂的鳥兒們振翅衝上蔚藍的天際。這天江辰比林秀早到，領著金剛鸚鵡宙斯藏在參賽的人群中，企圖找尋馴鸚師小廖的身影。就在江辰遍尋不著時，有個留著波浪髮型的漂亮女人突然站在田埂對著大家喊道：「感謝你們共襄盛舉，一早來參加愛鸚俱樂部的放飛。今天本由余阿斗前輩鳴哨開賽，只因老人家身體不適，送去醫院急診。所以這次吹哨開賽，依照慣例仍由愛鸚俱樂部會長吳董為我們主持。」

話才說完，林秀和紅太陽鸚鵡QQ，竟從女人身後走了出來，微笑對著江辰招手：「喂，江辰，我在這兒呢。莎莉要我陪她放飛。你要不要跟我們一起。」

江辰想都沒想，立刻跑到林秀身旁低聲耳語：「你昨晚跟我說的人，就是莎莉啊。說她要找回鳥蛋，誘出小廖。可她為什麼要幫我？」

「因為你是我的好友。她說了，朋友有難，豈能見死不救呢。」林秀被江辰一問，隨即脫口而出。

一會兒，愛鸚俱樂部吳董翩然出現在眾人面前，江辰乍見嚇了一跳。這位傳聞中的黑道大哥瘸子吳儀表出眾，絲毫沒有地痞流氓的習氣。若真要形容，倒有幾分紳士派頭，前朝遺少的味道。就在江辰被眼前的景象驚的說不出話來，瘸子吳似乎發現了江辰的異樣，特意走到身旁輕笑道：「我讓你失望了吧。明明是粗鄙的人，卻長得相貌堂堂。有時我真恨自己這副臭皮囊，想著要是能跟小廖一樣生來便是窮酸賤相，或許我的心裡會好過些，置人於死地也能更理所當然。」

江辰看著瘸子吳得意的表情，不由渾身發毛，腦海盤旋著小廖的警告：「瘸子吳這人喜怒無常，來日若敢背叛他，後果不堪設想。」

「你是怎麼了啊，為何不說話。吳董問你，宙斯要不要先跟他的冥王來個放飛友誼賽。」林秀推了推恍神的江辰，疑惑的問。

「哦。宙斯昨天練習放飛，不小心受傷，恐怕無法接受冥王的挑戰。」江辰的回話，任誰聽見，都曉得是推託之詞。

林秀見江辰婉拒瘸子吳的提議，便自告奮勇的說：「既然宙斯不能跟冥王比賽，那就由我的QQ代替宙斯吧。」

「QQ個子小，冥王塊頭大，兩隻鳥，體型太懸殊，不適合一起放飛。」莎莉見林秀就要誤觸瘸子吳的陷阱，急忙出聲攔阻。

聽聞林秀的提議，瘸子吳回頭望了莎莉一眼，便笑著往田埂走去。不久，瘸子吳吹起笛聲，才轉眼的功夫，便有隻神態酷似宙斯的金剛鸚鵡停在他的肩頭，無庸置疑那隻大鳥，便是傳聞中得了幾屆放飛冠軍的冥王。江辰看著瘸子吳身手靈敏的以笛聲操控冥王來回在李議員佔地百畝的稻田繞行環飛，好幾次都看得入神忘我。想不到這世上真有人，能與豢養的鸚鵡，達到「心靈合一」的境界。

攝影：王俊智

愛鸚俱樂部放飛開賽前，每位參賽者都領著鸚鵡在比賽場地練習飛行。大伙見會長瘸子吳率先放手讓冥王在稻田繞行，便一個個爭先恐後的將肩頭掌中的鸚鵡，送上遼闊的天際，在稻香滿溢的田埂，時而開懷的鳴叫，時而振翅的遨遊，從空中俯視難能可貴的美景。當微風吹拂江辰的雙頰，稻田裡那一株株飽滿的稻穗，充滿著青春的喜悅。江辰瞧這迎風起舞的稻浪，彎著腰，躬著背，低著頭，就好像是羞澀的少女，姿態娉婷裊娜，看起來柔順又光滑，呈現出爛漫的氣息。彷彿風一吹，無論是靜靜的佇立，或隨風搖曳於泥土中，在青翠的原野，便能完成一生的行走。

將宙斯放於肩頭的江辰，並未像其他放飛參賽者，急欲讓金剛鸚鵡在稻田中繞行。江辰以為與其浪費鸚鵡的體力做無謂的飛行，還不如讓宙斯觀察四周的環境地形，使宙斯正式放飛時，可以精確的掌控風力和方向，順利搶得先機。於是為了幫宙斯更瞭解李議員家稻田的地形，江辰領著宙斯走進田埂小徑，遠眺迎風揚起的稻浪，嗅聞著傳來的馨香中，似乎有股令人窒息的腐臭味。就好像有什麼在稻田裡，等著江辰摀著鼻子作嘔的發現，替橫死泥中的物件申冤。剎時江辰只見肩頭的宙斯突地厲聲鳴叫，也啄咬起他的手臂，每回一旦有難發生，宙斯總會以喙警告江辰，想來在李議員的稻田裡，必有可怕的事發生。那時的江辰和宙斯渾然不覺身後有雙銳利的眼睛，正窺視他們的動靜，默默觀望所有的一切，恍若這一切，都在他的掌控之中。

等李議員匆匆趕來，稻田的中央已經擠滿了來放飛又無故捲入命案的愛鸚俱樂部會員。瞧大家面面相覷，議論紛紛的模樣，李議員沒等眾人開口，便問：「是誰先發現小廖的屍體？還有在警方趕到之前，千萬不要任意挪動小廖，一切等法醫堪驗後再說。」

馴鸚師小廖死了。怎麼會呢？李議員前幾日還接到小廖打來告密的電話，盡說名模莎莉是愛鸚俱樂部會長瘸子吳的情婦，莎莉會跟李議員交往，根本是一場騙局，莎莉不過想利用李議員的聲名，為瘸子吳走私保育類鳥蛋找個名正言順的管道，以便日後藉由李議員的掩護關說，讓瘸子吳的走私買賣更加通暢無阻。又這回莎莉說服李議員出借自家稻田作為愛鸚俱樂部放飛的場地，無非想透過這次比賽，半途劫走會員們身價不凡的鸚鵡，以做為繁殖交配的種鸚，藉此牟取暴利。豈知小廖連出面做證的機會都沒，就遭人暗算死在李議員的田埂，到底是誰將小廖害死，渾身上下都是巨喙啄咬的痕跡。

由於江辰是發現小廖屍首的目擊證人，警方需要對江辰展開例行性的偵訊，又因愛鸚俱樂部人多嘴雜，為避免不必要的困擾，李議員將自家稻田旁的宅院權充警方的偵訊室，務求短時間內查出端倪。原先預計在早上十一點舉辦的「放飛」賽，受到小廖慘遭謀害的影響，只得臨時取消。不過愛鸚俱樂部的會員一個也不能離開，必需配合警方偵查，洗清可能涉案的嫌疑。除了因不明緣由，早已送醫就診的余阿斗，包括愛鸚俱樂部會長瘸子吳、國際名模莎莉和少年林秀，一樣被警方限制行動，坐在李議員家靜候偵訊。

這時誰也沒察覺有隻灰鸚鵡停在李議員家屋頂，正以一雙無比銳利的眼睛直盯著瘸子吳肩上的金剛鸚鵡冥王，那滿含怒氣的目光似乎與冥王有著不共戴天之仇。一會，從偵訊室走出來的江辰望向窗外，驚見灰鸚鵡的身影，心頭不覺一震，是果兒，馴鸚師小廖生前豢養的灰鸚鵡。想小廖料事如神，知道自己命在旦昔，若逃不出瘸子吳的魔掌，必得留下證據咬住瘸子吳，而灰鸚鵡果兒，便是小廖最後的武器。

前天深夜正要入睡的江辰，手機突地響了起來，仔細一聽，竟是急欲找尋的小廖：

「江辰，我有重要的事要託付你。你一定得答應我。」

「好，你說。」江辰聽小廖此言，似乎抱著必死的決心，不免有些擔憂。

「後天若我沒現身放飛，那肯定是被人殺了。你一定要找到我的灰鸚鵡果兒，果兒身上有痦子吳犯罪的鐵證，屆時任憑他怎麼狡辯，也逃不過法律的制裁。切記，這件事要守密，誰都不能說。」

如今灰鸚鵡果兒出現在李議員家，江辰必要瞞住眾人，以小廖生前教授的哨音密碼，召喚果兒近身，方能找到小廖留下的證據。當江辰苦思要如何擺脫大家的監視，喚回灰鸚鵡果兒時，林秀和莎莉先後離開偵訊室，坐進了李議員家寬敞明亮的客廳，等待警方的發落。

「莎莉，妳不是要幫我找小廖，怎麼他會被殺呢。」林秀白皙的臉，因過度害怕，變得更加蒼白。

「我也不知道是怎麼回事，小廖明明告訴我，今天會來參加放飛，會給愛鸚俱樂部一個意外的驚喜。那曉得，驚喜竟成了巨大的驚嚇。」莎莉無奈的回應。

林秀後來得知在愛鸚群組相識的莎莉，居然是父親公司專屬模特兒。早在結識莎莉之前，莎莉便得知林秀是老闆的兒子，以致為了爭取更多曝光機會，藉由愛鸚群組不斷拉攏林秀。

好不容易江辰擺脫了眾人的監視，以哨音密碼喚來小廖的灰鸚鵡果兒，從果兒的腳踝上，取下一個隨身碟和一張紙條。紙條的內容將痦子吳犯罪的證據，條列的清清楚楚，無可狡辯：「瘸子吳近幾年以愛鸚俱樂部為媒介，所犯下的種種罪行，全部收錄在隨身碟裡。又收到此碟同時，我必然已遭到瘸子吳殺害。請警方明查為我申冤，懲戒惡人得以天理昭彰。」

結果，瘸子吳進了偵訊室，由於江辰送上小廖生前留下的隨身碟，讓瘸子吳不單百口莫辯，更立刻成為愛鸚俱樂部的頭號罪人，謀害小廖的殺人凶手，而瘸子吳的共犯名模莎莉，亦在瘸子吳的出賣指認下，與他雙雙被警方收押。而莎莉刻意接近林秀，企圖討好老闆兒子成為廣告代言人的心計，亦跟著小廖謀殺案水落石出，剎時化成泡影。

至於畏罪自殺獲救的老房東余阿斗，躺在醫院的加護病房，則不斷失神的嚷著：「果兒，果兒，你不要再啄我了，不要啊，啄死你主人小廖的，不是我，不是我啊，是瘸子吳養的那隻冥王啊。」

那時，照顧老房東余阿斗的護士，只瞧見五樓加護病房的窗外，不時出現一隻灰色的鸚鵡，冷冷的望著余阿斗，那眼神，有說不出的陰寒，彷彿是來自地獄的勾魂使者。

死神的召喚

攝影：王俊智

住在留聲機的男人

章家祥

那幾頁空白的日記本裡啊，甚麼也沒有
記憶太不牢靠了
住在留聲機的男人這樣說每個人
都要傾聽自己內心的聲音
傾軋軟嫩心田的壓力與憂鬱
細小如髮絲的血流，血球和激素
擦經管壁的聲響留在了機器裡
製作成靈魂本該錯過的
製成了夢，轉瞬間，播放出海嘯般的咆哮
當時間從留聲機裡偷笑，又悄悄將你收拾
但記憶不可考
從細小的聲音裡發現
倏忽闖入我耳膜敲鼓的那人，是錄帶裡的男人
而灰暗的時間夾縫中，我伸出手
將紅色的紐按下，喀！
又完成了一段我與我的對談

黃昏將至，趙平和隊友依照慣例對飛機進行維修檢查，開著車子滑行在漸次黯沉的跑道，四周霧氣越來越濃，風雨開始加大，幾乎就要擋住機場塔台的視線。趙平有些擔憂，深怕以往發生的迫降事件會因為天候不佳再次上演。

半年前，也是這樣一個風強雨驟的日子，一架自荷蘭返航的上野班機，飛抵亞太機場前，受到颱風過境的影響，不斷在上空盤旋企圖降落，卻因為天氣惡劣飛機頻頻重飛，數度落地又急升，險象環生的場景，趙平迄今仍觸目驚心。那夜異常恐懼的體驗，同樣深深撼動少年江辰的心房。

當時，江辰協同母親楊儀和父親江風，正巧搭乘那夜自荷蘭返航的上野班機，最初從荷蘭起飛晴朗的天色，沿線通暢無阻的航程，由於返國遇到颱風侵襲，整架飛機的機身，在距離地面幾千英呎的高空中猛烈的搖晃，機身晃到像坐雲霄飛車，機上的乘客跟著這恐怖的大震盪，嚇的不斷發出尖叫、哀嚎、求援聲甚至有人絕望的寫下遺言，坐在江辰鄰座的老奶奶，更怕得緊緊握住手中的十字架，拚命對著上帝祈禱，祈求飛機能安全降落，逃過死神的召喚。

所幸塔台管制員「急中生智」引導，上野班機總算安全降落，機上所有乘客終能有驚無險的平安脫困。江辰忘不了午夜和雙親冒著風雨跨出飛機時的倉皇不安，以及與機務維修工程師趙平在跑道重逢的雀躍。趙平是江辰隨父母搬到桃林閣，頭一個認識的朋友。那年江辰七歲，由於生性好奇熱愛冒險，老喜歡獨自溜到桃林閣的花園玩耍，常常遇見頭戴棒球帽的趙平坐在花園中庭的椅子上看書，一看就是整天。久了，聽爸爸江風說，才知道那人叫趙平，正準備報考上野航空機務維修工程師，成為母親楊儀未來的同事。或許因為這樣，江辰對趙平有種說不出的親切感，覺得趙平好厲害，選擇當飛機的「醫生」，肯定比開飛機，酷多了。

可事實常常跟想像背道而馳，趙平的機務維修工程師生涯，並未如江辰預料的酷炫耀眼，一路走來反倒荊棘重重，好幾回，還差點賠上性命。這些令人聞風喪膽的可怕經歷，往往發生在單獨行動的時刻。趙平剛成為機務維修工程師時，受訓期間偶爾聽前輩口耳相傳，飛機升降起落的種種詭奇祕聞，聽多了，只當他們是妖言惑眾，從未真正放在心尖，直到工作拍擋煌哥在趙平眼前被一股莫名強大的力量，狠狠從機翼上踹了下去，不信神鬼的趙平總算相信肉眼看不到的另一個世界，也許存在著某種邪惡的勢力，正等待誰意志薄弱掠奪他的靈魂。

趙平清楚記得，煌哥出事那天，停機坪艷陽高照，盛夏氣溫飆升到近四十度。為了飛機的安檢，上野航空出動了近二十人的工作團隊，已經在停機坪連續維修了近六小時，只為找出機翼為何無法展翅的原因，是肇因前次飛行撞鳥的緣故，導致鳥屍卡在機翼的縫隙中無法取出，還是機翼過度老舊已經毀損脫落，必需更換零件才能重新飛行。可能是當日過度嚴熱，機務維修工程師置身密不通風的機艙太久，難免呼吸急促心跳加速，全身汗流浹背，感到極度焦慮疲勞，久而久之，銳力精準的目光逐漸模糊了起來，握在掌心的維修工具不覺因手汗跟著滑落，以致煌哥才會從機翼上跌落，幸而當時有安全氣囊護身，煌哥只是摔傷，並無生命危險。

大家寧可相信，煌哥的安檢意外，純粹是工作疲勞過度引起，沒有任何人為的因素，更無神祕力量左右。唯有目擊者趙平心知肚明，煌哥會自高空摔落，完全是詭異的聲響造成。那時追隨煌哥，正要躍上機翼的趙平親耳聽聞，有個又尖又細的聲音不斷朝著煌哥恐嚇：「下一個，就是你了。就算你想躲，也躲不了。這是命中註定。你，是被死神選定的人。」

大難不死的煌哥出院以後，在家休養且足不出戶，即便公司派高階主管楊儀前往慰問，煌哥照舊神隱，央求妻子代為接待。趙平幾次探訪，亦被拒於門外，理由千篇一律是煌哥身心俱疲，暫時不願被打擾，同事們的好意，煌哥銘感五內。於是開始有流言謠傳，暗指煌哥那天會從機翼摔落跟趙平的疏忽

脫離不了關係，或者該說趙平這個讓煌哥一手提拔上位的小老弟，故意害煌哥失手，以便趁機取而代之，成為機務維修團隊的主導。很快的，流言隨著煌哥重返崗位不攻自破，趙平如常跟在煌哥身邊執行任務。只是趙平隱隱察覺，病癒的煌哥，恍如變了一個人。以往豪邁不拘的煌哥變得謹慎寡言，鎮日愁眉不展。偶爾煌哥還會躲在陰暗的角落，背著大家，興奮的對著空蕩蕩的機艙講話，就好像煌哥眼前坐滿了登機的旅客，正準備起飛出發。

發現煌哥舉止古怪的，除了趙平，還有幾位與煌哥交好的資深機務維修工程師。大伙表面不說，內心實則十分擔憂，憂慮煌哥該不會鬼上身了吧。倘若是，攸關飛機幾百條人命的「安檢」工作，絕不能交給煌哥執行。果然，煌哥以往「零缺點」的維修技術，由於精神恍惚頻頻出錯，幸而趙平隨伺在側，逐一幫煌哥修復，不致啟航釀成大禍。

任職於上野航空高層的楊儀為了煌哥執行安檢屢屢出錯，著實傷透腦筋。心想，勸煌哥休假再去醫院檢查，是否由機翼摔落留下了後遺症，影響到他執勤的判斷力。倘若不是，為何幾回飛機安檢後仍無法如期起飛，不單旅客抱怨連連，更有損上野航空在國際飛安的聲譽。這陣子楊儀心焦如焚全寫在臉上，江辰看母親憂煩，不免關切探問，一探之下，總算明白趙平為何憂心忡忡了。

昨日江辰放學，在桃林閣中庭花園巧遇趙平。只見趙平雙手捧著雜誌，全神貫注翻閱著，直到江辰鎚了他肩膀兩下，才驚詫仰頭道：「啊，原來是江辰啊，嚇我一跳。你走路，怎麼輕飄飄的，像煌哥一樣，半點聲響也沒。」

「您看什麼啊？看的那麼入神？」江辰瞇著那雙秀逸的眼睛，緊盯著趙平手中的雜誌。

「哦。雜誌有篇飛安報導，跟我的工作正好有關，所以買來看看。」趙平隨口回應江辰，便飛快把雜誌塞進背袋，就是這下意識的舉動，讓江辰對趙平手中的雜誌好奇起來。

方才江辰探問母親楊儀，竟看到她皮包裡也放了本和趙平手中一模一樣的雜誌，後又聽父親江風懊惱的說，就是這本狗仔雜誌捕風捉影無事生非，向外界指稱上野航空機務維修團隊有人中邪，導致多起國際航班誤點甚至無預警停飛，造成旅客的困擾引發諸多爭議。但令江辰感到困惑的是，就算一如雜誌報導，機務維修工程師中有人中邪，團隊應該早已察覺，哪會任其自生自滅。

趙平過去曾對江辰提及，機務維修工程師總是利用旅客下機的時間，執行飛機的安全檢查。仔細審視飛機有無任何外物損傷、組件鬆脫或油料洩漏，並協助地面勤務人員進行貨艙作業、補充飲用水與卸除水肥的清洗作業。等旅客下機，再與座艙長進行客艙內各種設備確認。最後等所有機務維修工程師勤務完成，再請旅客登機，靜待客艙關門，提醒團隊看好機坪動線管制，別讓機坪車子闖到危險區域，撞上正要啟航的班機。由於機務維修工程師的任務相當精密繁瑣，只要其中某個環節錯誤，皆足以牽一髮而毀全身。那麼若有誰想存心設計陷害，自然防不勝防啊。

江辰靈光乍現，猛然憶起母親楊儀去年暑假，處理的某件飛安意外，好像涉案相關人員名單中也有「煌哥」。據聞煌哥率領的團隊中，與其並列為機務維修精英的組員小劉，在某次暴雨來襲的夜晚執勤任務中，因為雨聲太大沒有聽見安檢拖車鳴笛示警，也沒有看到機上燈光閃爍提醒飛機即將離地啟航，又加上小劉為了避雨躲在飛機輪胎下，藏身的位置正好背向機頭，讓小劉的視線完全擋住，平白喪失了逃生的機會。等飛機騰空，一個幾噸重的輪胎就這樣硬生生碾過小劉脆弱的身軀，剎時把小劉壓得血肉模糊，當場斃命。

慘事發生沒隔幾日，就有空服員繪聲繪影，指稱每回在機上清點旅客名單，老感覺耳邊有誰在說話。有時不單空姐聽到，連機上的旅客開窗往下凝望，每每窺見有道發光的人影躲在飛機的輪胎下，猶似仰頭瞪視著機上的每一個旅客。那凌厲的視線，猶如死神的眼睛，正在召喚飄盪於紅塵的幽魂。大家都說，那藏身於機輪下的魅影，肯定是死不瞑目的小劉。想這小劉才三十初頭，機務維修的技能與應變的能力，除卻經驗老到的煌哥，可與之匹敵，團隊中無人能及，前途一片光明美好，卻因為閃躲暴雨，慘死於每日維修的機輪底下，豈能不冤啊。

那些時日，關於小劉陰魂不散的傳聞，最終傳到上野航空高層的耳裡。為了平撫旅客搭機的驚惶，穩定維修團隊的不安，楊儀暗中請來得道高人設台招魂震邪，企圖以民間宗教驅鬼的儀式，還給大家一個清靜的搭乘與工作空間，使意外往生小劉的魂魄能早日轉世投胎，登上極樂世界。可藏身機輪下的魅影，並未屈服於任何宗教儀式，截至目前，江辰仍會自母親楊儀那兒，得知小劉魂魄的蹤跡。連煌哥從機翼跌落，變得精神恍惚，也有人對楊儀警告，可能是小劉的陰魂作怪。誠然小劉的意外喪生，煌哥必需肩負最大的責任。那天暴雨夜，若非煌哥臨時要小劉代替新手趙平到機艙外做安檢，很可能小劉就會躲過死神的召喚，依然活在人世。屆時，煌哥在團隊領導的位置，或者要移交給年輕敏捷的小劉，完成無可避免的世代交替。

如今的趙平猶似以往的小劉，總能在煌哥偶爾的精神不濟，扮演好輔佐提醒的角色，以確保煌哥的每項安檢任務都能達到盡善盡美，保障旅客搭機的安全，使他們平安抵達目的。過去趙平曾經受長官楊儀請託，帶著上野航空的撫恤金，代替煌哥探視小劉的遺孀小玉，還沒進門呢，就聽見小玉哭的泣不成聲，聲音沙啞的喊著：「小劉的死，絕不是意外，是有人眼紅小劉快要升官，老早設下的圈套，等著小劉跳下去受死。這天殺的混蛋，絕對是煌哥。」所以，在小劉的冤屈尚未平反之前，上野航空休想拿錢堵住小玉的嘴。

因此楊儀認定，這次向雜誌爆料的藏鏡人，八成是小劉的遺孀小玉。也唯有小玉對煌哥深惡痛絕，巴不得害死她丈夫的混蛋，最好被上野航空撤職開除，淪為千夫所指的罪犯。隔周後，同樣一本雜誌，死咬著上野航空的「安檢」疏失不放，這回不僅煌哥的照片登上媒體，連沉寂多時小劉的意外再次被掀開來重新檢視，以及無辜受到波及的趙平，亦被狗仔雜誌跟蹤，弄到出門上

班不得不戴墨鏡、口罩、帽子，藏頭縮尾的掩身在人群裡。

後來新聞實在鬧得太大，迫使煌哥只能稱病躲進醫院，停下手邊所有的機務維修。原以為煌哥空出的職缺，理所當然是趙平接手。沒料著，高層楊儀另派安檢高手王軍暫代煌哥的職務，帶領維修團隊繼續執行任務。消息傳來，幾個跟煌哥親近的機務維修工程師都替趙平叫屈，覺得公司不升遷隊中有才幹的新秀，偏要找個外人來監視大伙，明擺的懷疑團隊出了內奸，特意安排王軍來查個究竟。這一切的應變之策，在趙平看來無非想淡化外界對上野航空「飛安」大不如昔的質疑，順勢解除煌哥所屬的舊勢力，以防力挺煌哥的工程師，向公司提出年度加薪延長休假的方案。

飛機上的離奇事件，並未隨著王軍的到來消停，反倒越演越烈。某天深夜，被王軍指定為助手的趙平跟在王軍身後，一路檢查飛機的外圍機身有無因長途飛行，受到外力影響受損，就在那時，不遠處有架沒有連接班機的「空橋」，居然有大批旅客「下機」，移動速度之快，像是飄浮在天空，令人毛骨悚然的是，趙平竟在飛快閃動的人影裡，撞見慘死多時的小劉，和此刻應該待在醫院休養的煌哥，正夾雜在空橋的旅客中，不斷向趙平微笑揮手，瞬間趙平的耳邊，再度響起那個又細又尖的聲音：「下一個，就是你了。你想躲，也躲不了。因為你，是死神選定的人。」

趙平被這突如其來的靈異景象，嚇得渾身發顫，頓時手腳麻痺無法走動。等王軍察覺，趙平紅潤的臉顏早已變得面無血色，埂在喉頭的尖叫，不知讓什麼掐住脖頸，硬是嚥了回去。任憑王軍怎麼詢問，趙平使盡全身力氣，依舊無法發出半點聲音，只能緊緊抓住王軍，顫抖的指向遠方那座鬼影穿梭的空橋，藉此向王軍申辯，最近發生在上野航班的離奇事件，絕非空穴來風。

王軍看到空橋的幢幢鬼影，卻不像趙平驚得魂飛魄散。膽大心細的王軍，將趙平安置在機務維修工程師專用的休息室，不聽眾人勸說，獨自帶手電筒往趙平所指空橋方位走去，可前後不過幾分鐘，方才矗立在暗夜中的空橋，竟然消失的無影無蹤。王軍偏不信邪，隨即與塔台聯繫，詢問機場可有相關人員移動一座空橋至別處。得到的答案，卻是今晚壓根沒空橋擺放在王軍所指的位置。一剎那，王軍愣住了，潛藏心底許久的陰影，傾刻奪走他無畏的靈魂。

王軍精明強悍的外表，其實掩藏著不堪的痛苦過往。原來王軍的妹妹死於一場突發的空難。而當年負責維修出事班機的主導正是王軍。為此王軍悲痛不已，將妹妹的死和造成空難的責任，全數攬在自己身上，沮喪到選擇自我放逐，試圖療癒受創的心。這麼多年過去，當王軍受到長官楊儀的鼓舞，重新回到安檢的崗位，出現在機場的神祕空橋，空橋上穿梭不息的鬼影，卻殘酷的將王軍打回原形，迫使他再次憶起當年的安檢疏失。

隔日清晨，王軍對昨晚同趙平撞鬼的事，絕口不提。儘管整夜沒闔眼，依舊堅持上工，頂替受驚未癒的趙平更換了一具發電機，發動了機滑油濾心後，急忙又拿起飛機系統電報，預約機棚位置，以便為休航的飛機做定期檢驗。彷彿幾小時前，擾亂王軍心緒的往事魅影，自此消聲匿跡。王軍寧可相信昨晚離奇的遭遇，是因為工作過於疲憊，導致素日敏銳的視覺失焦，誤將貼在停機坪附近的航空海報，錯認為空橋上的鬼魅。

但躺在工程師休息室的趙平對於幾小時前恐怖的經歷，卻是永生難忘，尤其是深植於腦海的死神召喚。那刺耳又驚悚的預言，時時刻刻，都在提醒趙平去日無多，也許下一秒，即是他的死期。那股將煌哥從機翼上推落的強大力量，不知何時就要撕裂趙平，發出陰寒的竊笑。像小劉死前最後的遺言：「記住，所有的一切，瞞得住人，終究，瞞不過死神。」

小劉是趙平考進上野航空，最好的朋友。那年，虛長趙平幾歲的小劉為人熱情爽朗，每回在機務訓練的課程中，總是特別照顧趙平。好幾回趙平在維修檢驗中遇上難題，都拜小劉的拔刀相助，才能平安過關。如果不是小劉利用下班時間，幫趙平惡補機務維修的專業課目，將實際的安檢技巧傳授於趙平，告知機務維修的內容，分工異常精細，有飛機各型附件，像是發動機、氣動、液壓附件、氣瓶、電氣系統、輪煞車等組件維修，還有飛機航電或儀表、電子相關附件維修等等。

小劉告訴趙平，整個龐大的飛機安檢工程，除了附件廠與後勤支援單位外，就像醫院的醫護人員一樣，必須配合作業需求輪班。所以，機務維修團隊的每個人，無論負責那項任務，都必須全力以赴，倘若稍有閃失，後果將不堪設想。小劉要趙平牢牢記住，機務維修工程師就像是飛機的「醫生」，每回安檢掌握著往往是幾百條人命，無數家庭的未來，不可不慎啊。

在趙平的眼裡，小劉與煌哥，兩位維修團隊中的核心人物，個性全然迥異，不管是工作態度，還是安檢作風。唯一相同的，便是他們都很看重新手趙平的能力，認定趙平的前途，無可限量。特別是煌哥，每每藉私人聚會誇讚趙平在機務維修上的資質遠勝當年的自己，應變敏銳的程度也比小劉出色。言下之意，煌哥內定的接班人選，非趙平莫屬。那時酒過三巡的煌哥，更當眾嘲諷小劉能力不如趙平，小劉非但沒生氣，還笑的拱手相讓趙平，盡說只要飛機每天能安全上空，平安抵達目的，誰當維修團隊的主導，小劉都樂觀其成。

煌哥之所以看重趙平，資深的機務維修工程師都清楚，並非真如煌哥所言，趙平的能力遠勝小劉。而是煌哥有太多維修上的失誤，全拜小劉及時補救，才能逃過高層的檢驗。煌哥心虛之餘，深怕哪天小劉扯他後腿，向高層密告他的重大缺失，只要隨便一項，皆足以讓煌哥身敗名裂，從機務維修業消失。因為懼怕小劉背叛，煌哥轉而提拔趙平。人前人後，總說趙平學歷高，一個唸理工的碩士，願意屈身機務維修惡劣的工作環境，和大家忍受冬冷夏熱，長時間的身心操勞，當真不容易。

小劉也曾不解問過趙平，雖說機務維修工程師的待遇優厚，但以趙平的學

經歷，大可以選擇更輕鬆的工作，何苦承受機務安檢維修的巨大壓力。每回維修團隊中有人質疑趙平來當機務維修工程師，未免太大材小用。趙平不忘苦笑辯解：「我從小就愛飛機，兒時更常常跟著爸媽搭機出國旅行。本來夢想開飛機四處遨遊的，後來當不成機師，就成了醫治飛機的維修工程師了，也算與飛機搭上邊吧。」但，沒有人曉得，有好長一段日子，趙平不搭任何班機出國。因此上野航空給機務維修工程師的優惠機票，趙平一張也沒用過。

和趙平感情甚篤的少年江辰，以前聽奶奶姚美提及趙平塵封的往事：「這孩子，真是不容易。自從父母空難，就守著他們留下來的產業過活。後來搬到我們桃林閣，還好有外婆照顧他，但，終究比不上有雙親疼愛的日子啊。」

那時江辰才知曉，趙平竟然是空難的倖存者，在那次從天而降的災厄中，因病來不及搭機出國旅遊的趙平，雖僥倖逃過一劫，沒料到雙親的死，卻間接讓趙平罹患了可怕的幽閉恐懼症。有幾年，趙平只要一入睡，就會夢見父母在烈火焚燒的密閉機艙內，不斷痛苦呻吟向趙平求援。今夕一旦讓趙平置身於密不透風的空間，像是電梯、車廂、隧道或者機艙內，都會令趙平不由自主的感到燥動焦慮，擔心無法逃離封閉的空間而非常恐懼。

然而江辰費解的是，身心有恙的趙平如何通過母親楊儀口中，機務維修工程師嚴格的職前訓練。除外，趙平明知他不能長久待在密閉的空間，又為何執意要選擇隨時可能奪去他性命的工作。照母親楊儀的說法，趙平生性固執，大概抱持著在哪跌倒，就要從哪爬起來的心態吧。

對於母親楊儀的說法，心思敏銳的江辰，自然無法認同。江辰老覺得趙平會費盡心思成為上野航空機務維修工程師，絕非想挑戰安檢，或是趙平對大家佯稱的是開不成飛機，只好當醫治飛機的人。倘若真是這樣，江辰此刻怎會在趙平家中發現上野航空維修團隊的個資，這些機密究竟何時落入趙平手裡？

方才江辰向趙平探問，卻得不到合理解釋。趙平只是含糊辯稱，機務維修團隊的個資是上野高層遺忘在他家的檔案。事實上，江辰清楚在上野航空，誰也不能任意取走員工個資，趙平分明在說謊。那份收納機務維修工程師個資的檔案中，有兩個人，分別被趙平以顏色鮮明的標籤做記號。等江辰禁不住打開一看，驚得心差點蹦了出來。那兩位機務維修工程師的名字，居然是喪生於機輪下的小劉和中邪從機翼上摔落的煌哥。

因為太過震驚，沒等趙平回到書房，江辰便慌慌張張的從後門溜了出去。那時江辰的一顆心劇烈的跳動著，冷汗從額頭不斷湧現，腳步變得異常沉重，無法置信一切，真是自幼崇拜的趙平所為。江辰想起小劉和煌哥的檔案照片，分別被美工刀劃花的臉。雖然只是照片，卻恍如他們的雙頰，瞬間在江辰眼前，濺出一道道鮮血。

等趙平返回書房，江辰已跑的不見蹤影，徒留散落一地的檔案。這時趙平的手機突地響了，是煌嫂從醫院打來，泣不成聲的喊著，煌哥猛然捉狂，朝著窗口大吼：「你們看見沒，有架飛機在天上爆炸了，整座天空都是血，都是血啊。快，你們快把窗戶關起來啊，死神的手，就快要掐住我的脖子了啊。」

話一說完，煌哥便渾身發顫，口吐白沫，暈了過去。當時煌嫂嚇得六神無主，只好向趙平哭訴求援，想知道煌哥為何會神魂俱散，難不成真如流言所指，小劉那夜被機輪碾斃，全是煌哥一手遮天策劃謀害。

趙平無法回應，唯一能幫的，便是急忙到醫院安慰形容憔悴的煌嫂，聽著甦醒過來的煌哥朝著他喃喃自語：「死神就要來了。我的死期，不遠了。整架班機的旅客，都在對我微笑招手。趙平，你也聽見了，對吧，那又尖又細的聲音。」

另方面，自趙平家倉皇逃走的江辰，混亂的心緒依然波動不安，腦海裡不斷浮現兩張被美工刀劃花的臉。往昔那個江辰欣羨的機務維修工程師趙平不見了，在江辰惶恐的心底，浮現的是張極度陰沉的臉。江辰驚懼的想著，母親楊儀曾告誡他不要和趙平走得太近，因為她以為趙平跟江辰親膩到無話不談，也許別有目的。畢竟江辰是趙平上司楊儀的獨子，若能從這少年嘴裡探出上野航空高層的決策，對趙平未來的前程升遷，將有必然的勝算。外表看來與世無爭的趙平，其實暗藏機心，分秒都在關注機務維修團隊的職務變動，比方趙平明知煌哥和小劉彼此之間有維妙的職場競爭關係，非但不避嫌，還雙方討好，檯面上既是煌哥的得力助手，私底下更是小劉的知心好友。

從趙平進入上野機務維修團隊起，每個工程師對趙平的勤奮努力，全都讚譽有加。唯獨楊儀曉得罹患幽閉恐懼症的趙平，根本不適合擔任機務維修工程師。若非小劉在職前訓練中的刻意包疪，趙平應該老早淘汰出局。爾後出任務，又有煌哥的重重掩護，分派趙平在機外維修，以免趙平的宿疾突然發作，不只誤了安檢，飛機的正常啟航，也讓趙平置身險境危及性命。可就算煌哥和小劉處處替趙平安排設想，仍有百密一疏的時刻。某日維修團隊，半夜突然接到任務，碰上煌哥休假，小劉出國旅行，暫代煌哥職務的人，不知道趙平患有幽閉恐懼症，竟派趙平去機艙裡完全封閉的空間出任務，險些害趙平死在深不見底的油箱。

那天午夜，趙平獨自鑽進全黑的油箱內，將故障的偵測器換新，而偵測器在油箱最深處，趙平雖戴了濾毒面罩，腰上綁了繩子，但愈往裡面鑽，內心恐懼愈大，很擔心隊友忘了他，把油箱門關上。當時趙平儘管心裡害怕，仍舊進去修復，偏偏待修班機的油箱長又大，每個油箱雖寬到可以站人，可油箱與油箱間卻只有幾十公分的孔，必須一個個鑽入。由於鑽入的時間耗費太長，趙平待在密閉的油箱過久，宿疾果真一觸即發。之後，又因隊友清點維修人數，不知怎地，居然遺漏了趙平，等到趙平被發現，早已在油箱內奄奄一息。

當晚趕去現場關切的上野航空高層楊儀，聽見全身遭油漬染黑，吸入太多油氣中毒陷入昏迷的趙平，虛弱的躺在擔架上斷斷續續哭泣的囈語：「這兒好黑好黑，爸爸，媽媽，你們到底在哪啊，我好害怕，這兒有好多隻手，正掐著我的脖子不放，我快要不能呼吸了啊，我好悶，好悶，爸爸，媽媽，你們快來救我，我不想死，我不想死在這裡啊。」

趙平從飛機油箱內死裡逃生，並未如楊儀預料辭去機務維修工程師的職務，反而更加投入工作，一方悄悄接受心理醫師的治療，一方增強維修上的執行力，避免再度陷入險境。就是這種超乎尋常的執著，讓閱人無數的楊儀，質疑起趙平進入上野航空維修團隊的目的。因此就算小劉、煌哥接連發生意外，楊儀寧可捨近求遠，聘請外派的王軍帶領維修團隊，也不願提拔趙平取代煌哥的位置。

之前楊儀在客廳撞見神色慌張的獨子江辰，似乎在外頭受到驚嚇，瞧江辰倉皇的眼神，好像有話對她說，卻不知如何開口，只能坐在角落定定望著她。楊儀十分憂心，便試著探問：「怎麼了，臉色這麼蒼白。下午，你不是去趙平家玩空拍機，順便借書嗎？怎麼才去半小時，就慌慌張張的跑回來。到底發生什麼事了，讓你怕成這樣，你倒是說啊。」

江辰思慮再三，決定把他在趙平住處發現的祕密，一股腦告訴母親楊儀：「媽，趙平真像你說的，不是簡單的人物。我在他家書房看到妳公司機務維修工程師的個資，檔案內還夾著兩張被美工刀劃花的照片，分別是煌哥和小劉。他們不是趙平的好友嗎？妳不是說趙平在小劉慘死在機輪下時，還抱著血淋淋的小劉痛哭失聲，而煌哥這兩次住院，趙平更常去醫院照料他。媽，妳說，趙平是不是上次看到鬼空橋，被魅影附身了啊，才會變得這麼可怕。」

趙平是否真如江辰所言，慘遭鬼魅奪魄，楊儀無從得知。唯一能確認的是，趙平的狐狸尾巴，藉由江辰的指證，慢慢曝露出來。這次楊儀更加肯定趙平進入上野航空維修團隊別有目的。為了不打草驚蛇，楊儀決定暗中派王軍調查趙平在父母空難後，遷居桃林閣讓外婆收養前，那住院療養的時光，到底發生了什麼，也許能循線找出趙平考進機務維修隊的動機。除外，為避免獨子發生危險，楊儀告誡江辰，暫時不要再到趙平家走動。

自從機場發生靈異事件，整個上野航空維修團隊個個戰戰兢兢，深怕傳聞中煌哥墜翼前聽到的「死神的召喚」，會在自己執行安檢時發生。於是有人偷偷溜去廟裡求了平安符保身，有人受洗祈禱成了耶穌的信徒，脖子上不忘掛著十字架，防止死神突然來襲，奪去寶貴的性命。更有人開始言之鑿鑿的嚷著：「你們有沒有察覺，打從趙平考進維修團隊，我們執行任務，就常常碰到詭異的事，該不會趙平具有靈異體質吧，所以四面八方的妖魔鬼怪，都被趙平吸引過來，搞得我們大伙寢食難安。」

怪力亂神之說，很快就讓維修團隊的主導王軍鄭重否決。畢竟飛機安檢工作，精密又繁瑣，機務維修工程師在執勤中，若稍有差池，都可能害得飛機失事墜落，旅客瞬間喪命，不可不慎啊。再說上野航空維修團隊有百名員工，

要是人人都在議論鬼怪，又怎能專注做好安檢。以飛機佈線的任務為例，如電視、音響的娛樂系統佈線，幾萬條的電線及幾千個接頭，只要有一個錯誤，機上的娛樂系統就不能運作，電視不能看、音響沒聲音，必定影響旅客的搭乘品質，引發各種抱怨。

於是為了確保維修的精確度，王軍分派工作，多是兩人一組，如換飛機的輪胎，有人取下輪胎更換，也一定要有人在旁確認是否換好，有時是線路有問題，但翻遍了線路，怎麼都找不到原因，最後找到細細的一條電線，只要接上拴緊，也才能真正放心，那時，倘若接近飛機啟航的時刻，機務維修工程師的壓力難免爆表。以王軍過去執勤的經驗來說，印象最深刻，莫過於修復發動機火警感測器並進行故障排除。那次任務，發動機位於翼尾上方，有四、五層樓高，王軍必須站在尾架上，先花半天的時間，把引擎罩打開，再想辦法將引擎拆下，找出火警感測器檢修。就這樣，整整耗費三天才修完。屆時，身心俱疲又視線模糊的機務維修工程師，若在機場上撞見什麼幻象信以為真，在王軍看來，也不足為奇。

煌哥死了。趙平趕去醫院的時候，白布已經蓋在煌哥的臉上，煌嫂神情呆滯，雙眼紅腫已極。據職夜班的護士透露，煌哥吃完藥量完血壓，本來準備要休息，突然之間，卻對著窗口大喊：「飛機要衝進來了。天啊，四周都是火啊。」當時，煌哥邊吼邊掙脫煌嫂，一躍便從五樓病房的窗口跳了下去，摔得鮮血淋漓。由於摔落的聲響過於巨大，惹得住院的紛紛開窗探頭察看。其中，有兩個病友更竊竊私語，說清楚的看見煌哥跳樓的剎那，原本黝暗的天際，猛然衝出一架著了火的飛機，機上有無數的魅影，抓著表情驚恐的煌哥不放。

上野航空維修團隊耳聞煌哥的死訊，莫不感到悲痛震驚，每個人心中的陰影，日益加深。起初不信鬼神之說的，也逐漸動搖了，猜測煌哥會離奇跳樓，不單跟小劉的意外有關，可能也與過去的飛安事件有所聯結。而這些埋藏於大家內心多年的隱憂，終於在煌哥跳樓身亡，一次引爆開來。

十五年前，煌哥初升團隊領導，反應敏捷的他，備受長官信任器重，有多件跨國的維修任務，都由當時年輕氣盛的煌哥執行安檢。因為表現極為出色，不僅讓上野航空維修團隊在國際上贏得良好的風評，更因煌哥精密的機務維修技能，及時化解了飛安危機。可有次煌哥執行任務，正巧碰上煌嫂生產，心有掛慮的他在分派機務維修工程師任務，出了狀況，讓一個新手維修受損的機翼，害得班機啟航不久，就在天空起火爆炸。那次可怕的空難死了好幾百人，無數炸毀的機身和乘客破碎的屍塊，遍佈於機場附近的稻田河流，血染成河的淒厲景象，資深的工程師仍歷歷在目。

無比慘烈的空難，讓煌哥在自責之下信心盡失，而新手機務維修工程師的畏罪自殺，更令煌哥感到異常悲愴。大約從那時起，煌哥就有輕微的憂鬱傾向，開始會在維修空檔，尤其是一個人置身機翼的片刻，聽到那個自殺的新手工程師死前的聲音：「你看見沒，天空都是血，都是血啊。整片天空，都噴出血來。死神，就要來了。」

煌哥這個不為人知的祕密，除了妻子煌嫂外，只有後來成為煌哥得力助手的小劉撞見。但秉性善良的小劉，並未對外聲張，反倒替煌哥在維修失誤時，多加隱瞞甚至代煌哥頂罪。長久下來，維修團隊的領導表面上是煌哥分派任務給大家執行，實則能精準指揮調度工作的人卻是小劉。煌哥雖對小劉十分感激，可內心深處越加憂懼總有一天才能超群的小劉會完全取代他的位置，成為維修團隊的核心人物。向來自負高傲的煌哥，絕不能忍受他一手提拔出來的小劉爬到他的頭頂來。況且，若讓上野高層得知他曾多次維修出錯，數度使機務維修工程師置身險境，這數之不盡的閃失，隨便一項，都足以被上野高層開除。

終日不安的煌哥，直到趙平進入維修團隊，總算卸下心房。煌哥念著，趙平在維修方面的潛力，一如當年的自己。若能將趙平培養為親信，取代小劉在安檢上的長才，協助他出任務，那麼就能把小劉踢出團隊，永遠保有祕密。可煌哥再怎麼見利忘義，也從未動過殺害小劉的念頭。小劉出事那天雨夜，分派小劉代替趙平到機外維修的人，根本不是煌哥。因為當晚煌哥喝完一杯提神的咖啡後，竟昏昏沉沉的睡著了，等他隔天醒來，小劉卻慘遭機輪碾的血肉模糊。

煌哥喪禮一結束，趙平便跳上計程車去醫院，履行與李醫生每週的約定。多年來，從不間斷。對趙平來說，已成生活中必然的習慣，李醫生和趙平，雙方見面除了例行問診，就像親友一樣閒話家常。李醫師會探問趙平是否按時服藥，舊疾可有復發影響日常。每回趙平總是說，自個老早痊癒，要李醫生勿需掛念。

趙平離開醫院，王軍的車子隨後抵達。櫃台的護士只見李醫生拿著趙平的病歷表，領著王軍消失於走廊盡頭。半小時後，王軍由盡頭的會客室走了出來，臉上表情凝重。王軍念起李醫生語重心長的追憶：「十三歲那年，趙平因為父母空難喪生，倖免於難的他，無法承受心靈的重創，一連串殘酷的打擊，不只讓趙平罹患了幽閉恐懼症，更害他成了解離性失憶症的患者。所謂解離性失憶症是一種心理疾病，患者會遺忘生命中重要的事，藉此逃避沉重打擊造成的巨大悲痛，以一種自我防衛的機制，讓某段時間的記憶空白，用來閃躲心底的創傷。如果要喚醒患者的記憶，必需藉由催眠。」

遺憾的是，李醫生在這兩年對趙平的催眠診療中，發現趙平潛意識抗拒他，似乎有意隱瞞什麼。無論李醫生在每次的定期治療中，如何變換不同方式的催眠療法，都不能從趙平的口中查探出來。所以李醫生懷疑趙平並未服藥。近幾週，趙平更沒來醫院看診，連人也失蹤。今天雖有詢問趙平到底為何失約，趙平卻激動的一口咬定，他從未爽約，若李醫生不信的話，可以打電話問外婆，外婆能夠作證。事實上，趙平的外婆早在幾年前病逝。

李醫生推測趙平的病，已不再是單純的解離性失憶，趙平內心深處有股強大的力量，正在控制吞噬趙平的靈魂，要趙平聽命於他。那麼，醫學上常見的解離性失憶症的特徵，比方無法認出朋友或家人，無法記住曾經做過的事，或對熟悉的地方感到陌生，嚴重到無法記住自己的姓名、住址、父母親、畢業學校、家裡電話號碼等，以前能夠輕易做到的事，都無法完成。這所有的癥兆，李醫生對王軍憂心表示，這兩年，在趙平身上都曾出現。不過，病情時好時壞的趙平，卻有一種身分，兩個人，始終牢記。那便是趙平好不容易考上的上野航空機務維修工程師的職位，和趙平的長官好友，如今雙雙慘死的煌哥和小劉。

回到桃林閣，趙平接到煌嫂打來的電話，感謝這些日子趙平對煌哥無微不致的照顧，同時警告趙平要留心小劉的遺孀小玉。趙平聽了，不以為意，只覺煌嫂過慮。可當趙平一踏進家門，看見被翻得亂七八糟的書房，起初的篤定，頓時變得慌亂不安。難道真被煌嫂料中，死了一個煌哥還不夠，小玉喪夫的痛，仍需賠上趙平的命才能撫平。心有餘悸的趙平，邊想邊倉皇的整理書房，眼角的餘光猛然發現放在書櫃的個資檔案，憑空消失了。

然後趙平的耳際，再次傳來那個又尖又細的聲音：「下一個，就是你了。你想逃，也逃不了。」

等那可怕的詛咒，逐漸消失殆盡，趙平睜眼一看，跳樓身亡的煌哥，竟意興風發的站在趙平的眼前，上野航空的停機坪上指揮若定。趙平但見一個個機務維修工程師，在煌哥的調度安排下，從容不迫的進入落地飛機內執行安檢任務。其中，有位年輕的機務維修工程師急忙跳上飛機的尾翼，開始檢驗尾翼有無毀損。果然機尾的壓力壁面板損傷，必須緊急處理。但是年輕的他經驗不足，臨時又找不到煌哥指導，便任意更換了兩塊不連結接合板，迫使接合點附近的金屬承受太大的壓力，導致飛機在啟航後，尾端的機體因金屬過度疲勞而爆開，連帶毀損尾翼與液壓系統，最終害得飛機失控爆炸，在空中解體墜毀。

趙平彷彿親眼目睹了十五年前，父母猝死的那場可怕空難。驚覺害死雙親，導致空難的罪犯，是素日敬重的煌哥和那個年輕機務維修工程師。近來，從李醫生那兒回診以後，趙平常會聽見死神的召喚，看到與那場可怕空難相關的種種異象。有時是被機輪碾斃的小劉，有時是畏罪自殺的年輕工程師，和跳樓慘死的煌哥。趙平曾多次詢問李醫生，為何他會一次又一次看到他們。每回李醫生總是微笑的說：「這是悲痛記憶導致的心理創傷反應，我幫你多做幾次催眠治療，就會慢慢好轉，你犯不著擔心。」

但是，冥冥之中，趙平感到不知哪裡出錯，老覺得李醫生變得很陌生。吃了李醫生開的藥，趙平腦海眼前不斷閃現的詭異畫面有增無減。那驚悚的駭人記憶，就快要吞噬趙平的心，趙平隱隱察覺，有誰正透過某種方式操控他的靈魂。外婆還在世時，多次勸告趙平要放下心中的悲痛，那麼在天之靈的父母，也才能真正對趙平放心轉世投胎，若是趙平仍執意要查出誰是導致那場空難的原凶，只會讓已死的雙親永遠徘徊塵世。

目送趙平和王軍相繼離開，李醫生從診療室的抽屜裡取出透明相框，相框中一個穿著上野航空機務維修工程師制服的年輕人，正站在李醫生的身後笑的無比燦爛，那陽光般的笑容，曾是李醫生工作疲累時最大的慰藉。只是這宛如天使般的笑靨，迄今算起，整整消失了十五年。李醫生忘不了唯一的兒子，因為初次機務維修失敗，導致飛機在空中爆炸，造成數百位旅客剎時喪命，深感愧疚之餘，竟傻的選擇以死謝罪，來表達自己最深的歉意，讓李醫生備嚐白髮人送黑髮人的辛酸和痛苦。心有不甘的李醫生念著，若是當時主導煌哥能在維修現場，指點協助他的獨子，也不會讓悲劇發生，害死這麼多無辜的性命；像煌哥這樣的罪魁禍首，豈能消遙法外，既然法律奈何不了煌哥，就讓他來替天行道。

以致李醫生從離職同事那兒接手，成為十五年前空難家屬趙平的主治大夫後，便有計畫的對趙平施以深度催眠治療。透過催眠，不斷挖掘掩藏於趙平內心復仇的慾望，灌輸趙平進入上野航空維修團隊的意念，藉由催眠控制趙平的心智，讓趙平慢慢接近資深機務維修工程師煌哥，成為煌哥不可或缺的助手，以便見縫插針實現他復仇的心願。可李醫生完美無缺的計畫，險些毀於好管閒事的小劉手中。

兩年前，身為趙平好友的小劉，多次陪同趙平到醫院回診。警覺性高的小劉發現趙平每次自李醫生那兒做完催眠治療，恍若變成另一個人。於是懷疑趙平可能中了李醫生的深度催眠，建議趙平不妨先停止治療。李醫生唯恐東窗事發，不得不搶在小劉查出他底細之前，先對小劉痛下殺手。那天深夜暴雨，李醫生利用催眠控制趙平的心智，命趙平在煌哥的咖啡裡下了安眠藥，讓趙平假藉煌哥的名義，分配小劉到機外維修，利用深夜暴雨視線不明和機師啟航的疏忽，成功使小劉慘死機輪下，永絕後患。

對於李醫生的話，王軍半信半疑，質疑李醫生為何要鉅細彌遺的對他陳述趙平的病況，這不合理。王軍並非趙平的親屬，僅是以上野航空的名義，關切趙平透過李醫生的治療，病情是否有改善。更何況，身為趙平的主治大夫，李醫生有維護病患隱私的責任，除非，李醫生刻意要把趙平的診療結果披露。可李醫生為何要這麼做？為了解除困惑，王軍開始利用閒暇，跟趙平往來密切的機務維修工程師打探。

「王Sir，偷偷告訴你，趙平是個有病的人，不只老撞邪，還經常自言自語，就好像他腦子裡，住有另一個人似的。」同事A賊頭賊腦的說，深怕給人聽見。

「對啊，王Sir，自從小劉被機輪碾死，不只煌哥變得神經兮兮，連趙平也跟著疑神疑鬼，老扯他聽見死神的聲音。像上次趙平說他被小蔡關在油箱差點悶死。其實啊，哪是小蔡忘了他，根本是他背著我們，偷跑進油箱安檢。煌哥曉得趙平有病，怎麼可能把趙平關在閉不透風的地方工作啊，實在搞不懂，他為什麼要說謊。」躲在牆角竊聽的同事B忍不住插嘴。

「不過，王sir，趙平除了有點怪，對煌哥倒是頂忠心的，即使好友小劉因為煌哥的疏忽慘死，趙平一樣替煌哥出頭辯解，甚至還把他的心理醫生介紹給煌哥呢。聽說煌哥去了李醫生那兒做深度催眠治療，病情改善了不少。」同事C經過休息室，看見大家圍著王軍，也湊過來發表意見。

「是啊，是啊，這個李醫生可厲害了。趙平的病，就是給他看過，才慢慢好轉的。對了，對了，趙平不只把煌哥介紹給李醫生，連小劉的遺孀小玉，前陣子因為小劉的死精神抑鬱，也是被李醫生的深度催眠療法給治好的呢。」同事D興致勃勃的附和。

王軍藉由同事的耳語，慢慢抽絲剝繭，赫然發現李醫生透過趙平的引薦，先後成為煌哥、小劉遺孀小玉的心理治療師，非但如此，李醫生對三人採用的療癒方式，同樣是深度催眠法。雖然同事口徑一致，堅稱他們在李醫生的醫治

下，病情逐漸好轉。可王軍查閱維修任務出錯以及靈異現象頻仍的時間，卻恰巧都發生於三人接受李醫生門診後。

盛夏午後趕到停機坪，趙平正等著王軍分配機務維修項目，內心雖對檔案在家被竊的事耿耿於懷，仍需打起精神執行任務。才踏進待檢機艙，就聽見幾個資深工程師交頭接耳，好像在議論這兩週發生在飛機上的怪事。趙平走近一聽，臉色刹時變得慘白。

「好像是上周末傍晚Y91的航班吧，老王像平常一樣做維修例行檢查。一踏進機艙，簡直嚇傻了，因為被機輪碾斃的小劉就坐在機長的位子上，並轉過頭來對老王說，你不需要擔心飛行的事，我都幫你檢查好了。話才剛說完，下一秒小劉便消失在眼前。」資深工程師A憂懼的陳述著。

「昨天深夜，小蔡也經歷了類似的靈異事件。那是一架由東京飛來的航班，當時小蔡正在檢查飛行儀器，沒多久，突然發覺有張臉盯著他看，那張臉，竟是煌哥。小蔡清楚聽到跳樓身亡的煌哥對他說，請相信我，我再也不會讓任何飛機爆炸墜毀了。」資深維修工程師B接著憂懼的指出。

「還有一次，就是今天早上，從首爾飛來的九〇三號班機，那時空姐正忙著在廚房為乘客準備餐點。當空姐將手放在微波爐的把手上，居然看到煌哥的臉從爐內盯著她。空姐嚇壞了，急忙帶著艾老過來察看，艾老還是煌哥的死黨。等他們趕到時，煌哥的臉還緊緊攀在微波爐內，清楚地對著他們警告，要留神飛機上的火災啊。一會，果真發生意外。隨著飛機爬升，引擎漸漸失靈，還好機師在起火前迅速關閉，並順利返回機場。事後大家才發現，這架飛機以前的主導維修，就是由煌哥負責的。」資深維修工程師A再三強調煌哥雖然死於非命，卻依然堅守安檢崗位，不忘為他曾犯下的過失贖罪。

那天下班，王軍看見趙平一個人愣愣的坐在休息室若有所思，出於關切便驅前探問：「工作還好吧。若有什麼需要協助的，都可以告訴我，不用客氣。」

趙平聽聞，突地神色慌張的抓著王軍嚷著：「王sir，大伙說的都是真的嗎？往生的煌哥和小劉一直跟著飛機出任務，你也撞見了，是嗎？那煌哥跟小劉有沒有告訴你，究竟是誰害死他們的？」

王軍但見趙平目露驚恐，遂連忙出言安撫：「沒的事，我什麼也沒撞見。

你好好安心工作，別聽他們瞎說。」

「不，不可能。你肯定是安慰我的。因為我也看見了。看見他們不斷出現在機艙、尾翼、機輪、空橋、停機坪，甚至是我家書房。王sir，你信嗎？我親眼看到煌哥、小劉，每天把我家翻得亂七八糟，質問我為何要偷走檔案，為何要拿刀把他們的臉劃花？不，那不是我做的，是死神，是死神叫我做的，我的頭好疼，好疼啊，王sir，救救我。我聽見死神說，下一個，就是你了……。」

趙平越說，情緒越激動，躁鬱的喊叫聲，響遍停機坪每一個角落，一會，上晚班的機務維修工程師聽見趙平的嘶吼，急忙趕來探視，協助王軍將趙平送往鄰近的醫院。

午夜時分，走出趙平病房的王軍，更加確信趙平可能受到李醫生長期的深度催眠，導致在精神狀態不穩的狀況下走火入魔，引發人格分裂。李醫生利用催眠如夢似幻的真實感，使趙平身歷其境回到過去，喚醒趙平刻意遺忘的場景，讓趙平活在創傷經驗，藉以深化趙平內心的恐慌。當趙平開始相信死神的存在，相信死神不只會奪走他的父母，更會害死他的好友，瞬間結束他的性命。若趙平不聽從死神的指令，那趙平的命，也將立刻終結。

王軍一方急欲查明真相，去電給長官楊儀，報告對趙平密訪的結果，一方向上野航空請求協助調閱十五年前空難相關機務維修工程師以及罹難家屬名單。王軍有把握解開謎題的關鍵，正是那場慘絕人寰的災厄。掛上王軍打來的電話，楊儀瞬間說不出話，任憑獨子江辰怎麼叫她，都無動於衷。楊儀恍如陷入時光的橫流，聽見當年罹難家屬痛不欲生的哀嚎，看到在上野航空抗議聲浪的人群中，當時年僅十三歲的趙平雙手握拳對著她怒喊：「都是你們的錯，都是你們上野航空的人，害死我的爸爸媽媽。我要你們把我的爸媽還來。」也許基於贖罪的心理，楊儀明知趙平有病，並不適合成為機務維修工程師，卻依然讓趙平如願出任務。

江辰見母親楊儀心事重重，埂在喉頭的話，原本打算吞回去，又覺不說，唯恐害了楊儀，使趙平陷入險境，頓了頓，仍是鼓足勇氣直言：「媽，我覺得趙平的治療師李醫生怪怪的。前陣子，老看見他載趙平哥回我們桃林閣。邊走路，還邊對著趙平的耳朵小聲說話。那時趙平看起來傻傻的，簡直是傀儡，李醫生說什麼，就拚命點頭，連我跑去跟他打招呼，都不理，就好像不認識我似的。」

經由江辰的提點，楊儀猶如大夢初醒，隔天一早，隨即查閱十五年前空難相關人員名單，果如王軍和江辰揣測的，李醫生居然是當年空難肇事者，新手機務維修工程師李杰的父親。當年李杰不堪罹難家屬的指責，選擇自機翼一躍而下結束年輕的生命，不只讓父親李醫生傷痛，更讓痛失愛子的母親悒鬱病故。那麼，背負著家破人亡憤恨的李醫生，又豈能饒過掩藏於肇事者李杰背後，造成空難的真正原凶煌哥呢。這喪子之悲，唯有置煌哥於死地，才能親痛仇快。楊儀光是念及，渾身不由感到刺骨的冰冷。

去李醫生那兒看診，整整半年了。小玉每回面對李醫生的催眠療法，只覺可笑至極，不知道這老頭何以深信他的催眠可以控制每個人，去替他執行復仇的計畫，甚至不惜賠上無辜者小劉的性命。這個假仁假義的惡魔，還妄想控制她揹黑鍋，成為壓垮趙平的最後一根稻草。

若是李醫生曉得小玉的父親也是催眠師，以致當小劉生前告知小玉，趙平出任務經常恍神，老是聽見有人在說話，小玉就懷疑一切都是李醫生搞的鬼。李醫生以深度催眠喚醒趙平深埋於心的恨意，讓趙平排除萬難考進了上野航空維修團隊，為他執行復仇的計畫。就在小劉快要拆穿李醫生偽善的面具，沒料到竟會在維修航班時，慘死於機輪底下。那日，趁趙平替長官楊儀來家中送撫恤金，小玉以深度催眠，從趙平口中意外得知丈夫小劉慘死的真相，竟是李醫生巧設的陰謀。小玉便決定將計就計，讓趙平將她引薦給李醫生治療，藉由每次門診，將催眠過程錄影存證，搜集李醫生的罪狀。

小玉更得知，李醫生運用催眠術，命令趙平趁探病，誘引煌哥回到十五年前的空難現場，讓他再次目睹屍橫遍野的慘烈，看見染成血海的天際，李醫生要煌哥為當年因空難自殺的獨子李杰以死謝罪。要不是煌哥的疏失，李醫生也不會家破人亡，又若非煌哥利慾薰心，刻意冷凍小劉，李醫生哪能設下圈套，催眠趙平害死小劉。歸根究底，所有的罪惡，全是煌哥一手造成。

兩週後，坐在診療室正打算為趙平做「深度催眠」的李醫生，凝視著趙平的雙眼，要趙平全身放鬆，忘記心底的悲痛，進入趙平想像的時空。一旦趙平被臆想的世界深深吸引，便會聽不見周遭的喧囂，暫時和現實環境脫節，進入李醫生為趙平量身打造的催眠狀態。

「趙平，你的任務，完成了。所有的惡人，都死了。從今天起，你可以忘記一切的悲痛，自由的生活。」李醫生對著彷彿陷入睡眠的趙平，下了最後的指令，正要喚醒趙平時，卻感到身體傳來一股隱隱的刺痛，待李醫生定神細看，才錯愕的發現，趙平手中那隻鋼筆，正插進他的胸口。

「李醫生，你聽見了嗎？死神的召喚。那個又尖又細的聲音說，下一個，就是你了。你想逃，也逃不了。」趙平面無表情，宛如沒有生命的傀儡。

那時李醫生的診療室外，陪同趙平回診的王軍，手機剎時響了起來，是一個又尖又細的聲音：「李醫生的犯罪證據，我已經寄給上野航空了。不用謝我。真要謝的話，就謝謝十五年前空難的亡靈吧。」

遭刺獲救的李醫生繩之於法不久，趙平跟著辭去機務維修工程師的職位，長官楊儀並未挽留。而在王軍的協助證實下，趙平因個人心理疾病，獲判無罪當庭赦免。回到桃林閣休養的趙平，當少年江辰不解的問他：「趙平，你真的聽到死神的召喚嗎？那聲音，當真像大家傳的那樣又尖又細。」

趙平聽聞，露出神祕的微笑：「小時候，媽媽告訴過我，十惡不涉的人，常會聽見死神的召喚。誰，也別想逃。是的，那聲音，又尖又細，媽媽說，就像我的聲音。」

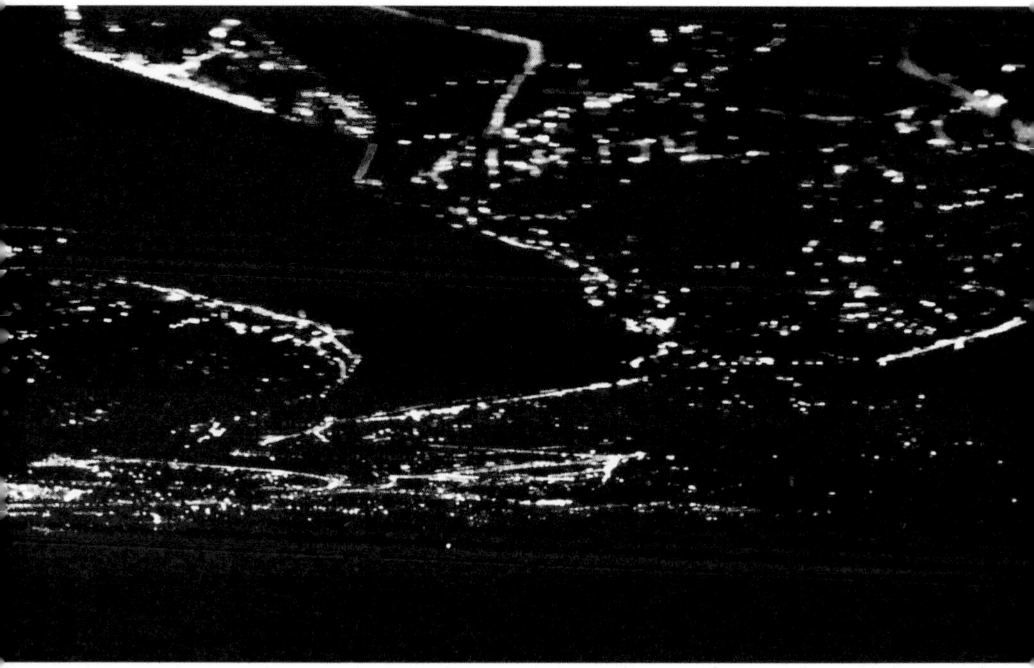

捕夢網

攝影：王俊智

因為所以

章家祥

我將妳的骨骼燒軟，鍛造成一圈
完美的圓舞曲，因為覬覦軟綿的身軀
所以我將烏黑的妳的秀髮纏繞，攪和進
不實名的愛情裡。因為我們的青春交媾
成了一片無人灌溉的荒漠，所以我將
妳從我這竊走的思緒編成辮，織成網子
吞噬腦海裡幾米見方的壞的景致，因為
渴望一覺好夢的明媚風光，因為所以。
我將自己和妳一起。
因為所以，納進了捕夢的網裡，永遠相愛。

那是灰樓

那人站在窗口，望著遮天蔽日的綠蔭，厲聲喊道：「不准砍樹，我說過了，只要我還有一口氣在，灰樓的任何一棵樹，誰也不准給我砍。」

江辰騎車穿過「桃林閣」若大的庭園，看著遠方灰色石子蓋成的樓房，在艷陽映照下閃耀著奇異的鋒芒，那是「灰樓」，鄰里相傳宛若森林般神祕的別院，聽說住在那兒的全是飽學之士。往日進出「灰樓」的不是文化菁英，就是學者作家，其中又以才貌雙全的齊教授，最為人津津樂道。可傳了這麼些年，江辰從未遇見。

只曉得齊教授住的「灰樓」像是遺世獨立的城市森林，院落前後全是高聳入天的巨樹，角落周遭皆為連綿不絕的草葉，只要風一吹，便似浪翻湧淹沒灰樓於無形。至於院落小徑的奇花異草，攀爬灰樓的蕨類苔痕，清幽玄奇的香氣，更是俯拾皆是。因此大家都說灰樓如夢似幻的景致，彷彿是詭祕的畫境。也許是聽多了，江辰的好奇心，終於蠢蠢欲動。

這天午後來到灰樓，江辰將藍色單車停放於街角，獨自領著金剛鸚鵡宙斯打開銹跡斑斑的鐵門，走進灰樓遼闊的院落，豎耳傾聽四方林葉窸窣的輕音，那若隱若現的細微聲響，猶似對人悄悄吐露前塵往事。一旦江辰仔細聆聽，徘徊耳際的微弱氣息，又瞬間消失無痕。寂靜的灰樓，似乎埋藏著什麼幽暗，只等江辰沿著苔痕深處走去，便能遇見院落的重重魅影。這樣念及，宙斯突然沒來由驚叫起來，等江辰定神，才發現有人從灰樓走了出來。

那中年男子身形高挑，有張晶瑩如雪的臉顏，雅秀的眉眼不時閃現微微笑意，一顆含在頰邊的梨窩，恍若能漾出淡淡的香氣。江辰初見竟覺如沐春風，因為心生好感，便開口向中年男子探問：「你認識齊教授嗎？我聽說他住在這兒，是一個很有學問的人。」

但見中年男子低頭望著江辰，輕輕地笑了：「你為何想見齊教授，只因為他很有學問？」

「嗯。算是吧。那麼，你究竟認不認得他？」

「自然認得。因為，我就是你要找的齊教授。」

江辰聽聞，意外又驚喜，不敢相信傳言中的「齊教授」真的站在眼前，對他釋出善意。一會，有隻銀灰色的貓從灰樓濃密的草叢中竄了出來，也跳進齊教授的懷裡喵嗚喵嗚的撒嬌，全然無視江辰和他肩上的金剛鸚鵡宙斯，那傲嬌的神情就像齊教授是牠的專屬物不容誰來分享。為了要全盤佔有，這隻被齊教授喚為桃桃的波斯貓，對著江辰跟宙斯不斷發出低低的嘶吼，隨即露出銳利的爪子向眼中灰樓的闖入者威喝。

「這孩子被我寵壞了。見到陌生人總是呲牙裂嘴的凶人家。小朋友，你和你的鸚鵡，可別見怪才好。」齊教授張著那雙秀逸的眼睛對江辰歉意的說。

「齊教授，我不是小朋友。我叫江辰，已經國二了。住在附近的桃林閣。您放心，我和宙斯都曉得桃桃只是太愛您罷了，所以不喜歡我們佔用牠的時間。」江辰對齊教授直呼他為小朋友，頗不以為然。

「哦。你叫江辰。我是齊悅。在A大教書。如果你願意，就叫我齊老師吧，比較親近。等會，我要帶桃桃去看病，暫時不能陪你了，下回見囉。」齊教授揮別江辰便抱著桃桃走出灰樓，揚長而去。

目送齊教授的江辰，總覺得這宛若森林的院落有種詭奇的魅惑，至於是什麼？他也無法洞悉。當江辰打算繼續往灰樓走，周圍高大的林木，窸窣的草葉間，好像有人在唱歌，那輕柔的語音，猶似春雨般婉轉。但怎麼可能，有誰會躲在不見天日的草叢悠悠輕唱，何況這盛夏時節多的是蛇鼠在林葉裡流竄，除了齊教授的波斯貓桃桃，又有哪個不怕死的敢在那兒逗留，肯定是他耳背聽錯了。

不久恍惚的歌聲越來越清晰，彷彿唱歌的人兒就要從蔓生的野草襲來。宙斯見狀突地厲聲鳴叫往草叢深處狂飛，剎時林內的歌聲嘎然而止，起初寂靜的院落，激烈的晃動了起來，幾棵高大的林木好像從沉睡中甦醒，瞬間睜開了眼睛，那憤恨的目光，令人不寒而慄。

當江辰嚇得不知所措，一個留著俏麗短髮的女人從灰樓的窗口，正朝著他叫嚷：「喂，李見，快來幫我啊。我還有好多書在客廳等著裝箱打包呢，你可以幫我把那些紙箱搬上樓嘛。」

「哦。好啊。」臉色蒼白的江辰顧不得心中疑慮，只想趁早擺脫巨樹的窺視包圍，便急急往灰樓門庭奔去。果然騎樓下放著好幾個紙箱，等著回話的江辰搬到女人位於三樓的住屋。

「李見，猛一看，我還以為你是齊悅呢，你們像極了。一樣身高手長，一樣膚色雪白，一樣有雙會笑的眼睛。你記不記得，以前我們在美國唸書，你老喜歡拉小提琴，聽我對著窗外的花朵唱歌。」

年約三十，相貌清麗的女人看江辰雙手捧著紙箱，頭一回發現，同學李見跟她唸高中的學生齊悅，如此神似。可齊悅哪是高中生？江辰記得齊悅，明明是個中年男子啊。

「你怎麼不說話，是搬箱子累壞了嗎？冰箱裡有飲料，還有巧克力蛋糕，你拿去吃吧。等會，你得趕緊幫我搬東西，齊悅就要從補習班下課了，絕不能讓他撞見你在我這兒。我擔心那孩子會亂想，你明白我的意思，對不對。」

那個叫李薇的女人，細心招呼起侷促的江辰，想他大約是搬箱子耗盡了體力，臉色才會這麼蒼白。殊不知江辰陷於時空的錯置，茫然無措的不知該如何是好，又憂心為了替他解圍，振翅飛進草叢的宙斯，在神祕歌聲的蠱惑下，該不會已經被巨樹吞噬了吧？

門鈴響了。是齊悅從補習班回來。江辰聽見李薇慌張的叫他李見，要他趕緊找地方躲起來，齊悅就快上樓了。江辰只覺驚心動魄，深怕他的身分就要被當場拆穿。江辰根本不是李薇口中的同學李見，而是一個誤闖時空隧道，來自未來的國二生。

消失的柯桑

冷汗直流的江辰緊盯著李薇家大門，聽著門外傳來陣陣急切的腳步聲，也不經意碰觸到背包上的「捕夢網」。一眨眼，奇異的事發生了，江辰發現他居然又跌坐在灰樓的草叢，耳際再度響起宙斯尖銳的鳴叫，而草叢外有人正朝著他呼喊：「喂，你是誰啊，怎麼會跑來這兒，難道你沒看見鐵門外掛著『施工中』的招牌嗎？還好我發現的早，要不你和你的鸚鵡，就要被鎖在灰樓，出不去了。」

等江辰撥開一層層濃密的草叢仰首張望，才驚覺天都黑了，灰樓老早埋入陰沉的院落，疲憊已極的宙斯似乎跟什麼纏鬥過。眼前頭戴探照燈的監工不斷對著灰頭土臉的江辰來回打量：「我看你八成是來灰樓探險的吧。唉，這兒詭異的很，入夜以前，我勸你最好趕緊走。」

爾後江辰才知曉，近日灰樓在整修改建，住戶多半遷居別處，留下的僅有久居的老者，因不捨這兒獨樹一幟的風景，寧可忍受施工的嘈雜，都要守住灰樓的院落，不許任何人動手砍樹，若有誰敢不聽勸告，可別怪高聳入天的巨樹和肆意蔓生的奇花異草反撲。工人聽了這毫無根據的威喝，沒有誰真的相信，直到有個監工某天深夜在灰樓發了酒瘋，指著院落裡撲天蓋地的林木草葉叫囂：「來啊，儘管衝著我來啊，你他媽的，我柯桑偏不信邪，不信就憑你們這幾棵爛樹幾根雜草，真能把我吞了不成……」驚人的是，那夜氣勢凌厲的監工柯桑，逞了口舌之快後，隔日清晨，再也沒有他的下落，任憑大伙翻找灰樓庭院的每個角落，踏遍樹林草叢每條幽深的小徑，除了柯桑遺留下來的一只拖鞋，其他什麼也沒找著。

騎車返家的江辰，揣想今天在灰樓的奇遇，內心不知為何莫名的酸楚，就好像陰森的灰樓同他有著無以言喻的牽絆。怎麼會呢？在這之前，除了聽聞桃林閣的王阿婆提及灰樓，年少的他，一步也沒踏進去過啊。那麼，齊教授知道灰樓的驚悚傳說，曉得之前有個監工神祕的消失於院落，至今仍音訊全無嗎？江辰越想，眉頭越緊，一口飯都沒吃，爺爺江鶴看在眼底，便關切問道：「你是身體不舒服？還是心裡有事。」

自從江辰帶翅膀受傷的宙斯回來，爺爺江鶴就猜出端倪，料想能令機敏的江辰心神不寧和宙斯受挫的絕非等閒之輩。如此觀望，江辰這次遇上的，該是命定的劫數。江辰一歲那年，途經離桃林閣不遠的灰樓，初始還乖巧恬睡的他，突然嚎啕大哭，無論母親楊儀怎麼輕哄，仍不能讓他安靜下來。當時江辰號哭的面紅耳赤，兩腳猛踢母親楊儀的胸口，直至父親江風將「捕夢網」掛在他的身上，如雷的哭聲才慢慢停歇。

可嘆的是，爺爺江鶴即便精通風水五行之術，仍無法為江辰免除宿命的糾纏。只能極力阻止江辰再去灰樓。十幾年歲月匆匆流逝，當家人都以為灰樓在江辰童年的記憶中抹去，沒想到桃林閣如風鑽入的流言，藉由王阿婆的碎嘴，灰樓再次盤據江辰的腦海心頭。這夜從灰樓回來，江辰苦惱的對爺爺江鶴吐露在灰樓詭祕的遭遇，如何碰上齊教授和他的愛貓桃桃，又怎麼受到巨樹林葉的蠱惑，在奇花異草散發出來的迷離香氣中，跌入深不可測的草叢，一腳踩進三十年前的灰樓，遇見那個名喚李薇的女子，險些永遠困在過去。所幸父親江風自幼饋贈的「捕夢網」瞬間穿越時空，將江辰送回如今的灰樓。

早年留美的父親江風，有回生日喜獲友人的禮物「捕夢網」。同學告訴他，捕夢網又稱「夢罟」，源自十八世紀，是北美印第安人的傳統手工藝品。印地安人相信捕夢的「網」不只編織夢想，更可驅除惡夢，所以當時印地安人家家戶戶總會在門口懸掛一個，以保家人的平安。而「捕夢網」呈圓形的地方，代表太陽運轉的週期。傳統的「捕夢網」利用樹枝編成圓形再包上皮革，在圈底下掛上羽毛，而牛筋線和彩色珠子於圈中編織成網，並在中間留下圓洞。印第安人認為這圓洞，是讓好夢通過的地方，並經由羽毛下滑到夢境內。而捕夢網的圈數，亦有不同的意義：一個圓圈可驅除惡夢；兩個圓圈帶來和諧安寧；三個圓圈代表身體的思想和靈魂合而為一。由於印地安人最初的「捕夢網」總是掛在床頭，以防小孩作惡夢後號哭，父親江風當年心疼途經灰樓無端哭泣的獨子，便將據聞足以用網來驅除夢魘、困住幽魂的印地安幸運物轉贈給江辰。

午夜書房，江辰憐惜的望著金剛鸚鵡宙斯，想在灰樓若沒有宙斯的警告，捨命相搏對抗草叢魅影，他或許早被野草精怪吞噬了呢。又如果沒有「捕夢網」的及時幫助，就要撞見高中生齊悅。那年齊教授，當真像李薇所言，神似她的同學李見？江辰望著鏡中的倒影，在夜色的渲染下，與齊教授的相貌居然有幾分相像，尤其是那雙微笑的眼睛，單眼皮上一粒若隱若現的「淚痣」。令江辰迷惑的是，他分明是國二生，那個叫李薇的女人，為何老把他當成是同學李見。

兒時，奶奶姚美見到江辰的「淚痣」，總會笑著掐掐他粉嫩透紅的小臉頰：「孩子，前世的你，是個情種，有人不捨你離世，將他淚水滴在你的眼睛裡，成了你的淚痣，注定你今生依然多情的宿命。」

念起奶奶姚美的話，江辰心底莫名的酸楚再次襲來，耳際又緩緩傳來有人唱歌的聲音，那春雨般婉轉的旋律，宛如灰樓草叢裡幽遠的回音，在桃林閣的暗夜，緊扣住江辰的心房。

那天黃昏，江辰離開不久，新來的監工朝著院落大聲吆喝，只見幾個渾身沾滿泥沙的男女飛快從灰樓各個樓層探出頭，不忘顫抖的怨懟：「天快黑了，再不走，可就麻煩囉。說真的，要不是為養家活口，誰要來這種鬼地方修房子啊。說不準哪天，就跟哪個發酒瘋的監工柯桑一樣，被園子內這些妖里妖氣的樹啊草啊花啊給吃下肚，啃到連骨頭都不剩呢。」

抱怨歸抱怨。在灰樓修繕多時的工人都清楚，為了生活溫飽，就算灰樓是龍潭虎穴，明早仍得提頭上陣，豁出性命與這兒的魍魎較勁。不過，這老舊的灰樓雖然鬼氣森森，仍有值得留戀的風景。像是久居灰樓氣質絕佳的齊教授，還有齊教授那隻活潑可愛的波斯貓桃桃。舉凡打過照面的工人，沒有不被他們深深吸引，儘覺得齊教授為人親切和善，毫無知識份子的矯柔作派，偶爾遇上天氣炎熱，還會送茶水點心體恤他們施工改建灰樓的辛勞。不像齊教授的銀髮老父鎮日對著窗外鬼吼鬼叫：「滾，滾，滾，你們這些王八糕子，全都給我滾出灰樓。除了我的齊悅，誰也不配住在這裡。」

縱使齊教授的父親，讓工人頭疼不已，但看在齊教授的薄面，大伙只能遷就包容，繼續隱忍這老頭的瘋言瘋語，成天聽著他對著灰樓的院落，窗外爬滿藤蔓蕨類的圍牆，十幾棵高大詭異的林木，時而悄然低語，時而厲聲痛斥，一會哭著哀求要那個叫李薇的女人不要狠心拋棄他，一會又恨不得將背叛他的李薇曝屍荒野。而一旦有人想砍掉灰樓那些枝葉繁茂的巨樹，老頭更會朝著院落撕心裂肺的吼著：「不准砍，不准給我砍，只要我還有一口氣在，誰也別想動灰樓的任何一棵樹，聽到了沒。」

每每老頭發飆的午後，改建灰樓的工人，只要豎耳傾聽，總能聽見齊教授勸慰的聲音：「爸，求求您，別這樣，別這樣傷害自己啊，一切都過去了，你就把她給忘了吧。」至於孝順的齊教授要顛狂的老父忘了誰，任憑工人聽力絕佳的耳朵也聽不出半點下聞。可好事的，仍挖空心思猜測，那個「她」，難不成就是老頭鎮日癡心妄想的「李薇」。只是「李薇」到底是何方神聖，怎能讓一個飽經風霜的老頭對她又愛又恨，同時卻又割捨不下。

有回監工柯桑就曾藉著幾分酒意，攔下齊教授追問：「齊老師，您老頭朝思暮想的，該不會是那個叫李薇的女人吧。像她那樣的賤貨到處都是。您老頭要是不信，我可以帶他到花街逛逛。」

灰樓的工人忘不了那天齊教授聽完柯桑的戲言，那雙異常冰冷的眼睛。雖說齊教授似雪冰封的神色，只有匆匆一瞥，眾人仍能感受齊教授宛若利刃的瞳眸，就要刺穿柯桑的胸口。後來還好有人出面，說那種煙花柳巷，哪是齊老會去的地方。四兩撥千斤，便化解了雙方的尷尬。

可明眼的都曉得，柯桑和齊教授，從此種下「心結」。柯桑千不該當著人家兒子的面，去諷刺父親的是非。就算齊教授的度量再大，教養再好，都無法容忍旁人對父親的冷嘲熱諷。自那天起，柯桑對齊教授便開始百般挑惕，老是人前人後的議論齊教授。最初只是酒醉，指著齊教授在灰樓的書房笑罵道：「幹，多讀點書，就很了不起嗎？要是大伙曉得你和你老頭那些見不得人的勾當，我看你還能裝清高到什麼時候。幹，李薇那女人，就是個徹頭徹尾的婊子嘛，也只有你們父子，傻得拿她當寶。」

齊教授出門聽聞柯桑的挑釁，僅是溫柔的微笑，抱起愛貓桃桃往幽深的草叢走去。不一會，在灰樓各個樓層忙著鋪磚粉刷的男女，便聽見院落傳來不知是誰唱歌的聲音，那柔美動聽的曲調，讓人彷彿置身在綺麗的夢境。而跟著忽隱忽現的曼妙旋律，整個灰樓林葉遮蔽的院落，似乎隨著午後的微風，旋轉了起來。如果這時，柯桑閉上那張肆無忌憚的臭嘴，定眼細瞧灰樓舞動的院落，便能看到他謾罵不停的婊子李薇，正燦笑的自灰樓濃密的草叢裡走出來，而追在李薇身後的是一個酷似齊教授的高中生，高中生懷裡正緊緊摟著一隻銀灰色的小貓。所有園林內的巨樹草葉，全數圍繞著李薇和高中男孩愉悅的跳舞，任著不斷迴旋的歌聲樂音，在灰樓的四周遊盪。

可惜的是，嗜酒成性的柯桑眼拙嘴賤，非但看不到灰樓草叢裡的李薇，連猛然現身撕咬他脖子的波斯貓桃桃都無法避開。只能拼著老命哀嚎，謾罵大伙眼中可愛的桃桃，肯定是地獄裡竄出來的索命怪貓，倘若不是，怎麼會把他往死裡咬。說桃桃敢這般凶狠惡毒，必然是主子齊教授暗中唆使縱容。那時自草叢散步回來的齊教授聽見柯桑的指責，一雙眉眼仍是溫柔的微笑，向懷中的波斯貓輕哄著，要桃桃下次不可以再這麼調皮，便頭也不回的走了，徒留柯桑疼的哭天喊地。大約是那夜吧，獨自留在灰樓宿醉未醒的監工柯桑，就不聲不響的人間蒸發了。

定情之物

監工柯桑的離奇失蹤，並未影響灰樓寂靜的時光。三十年了。每天黃昏，齊教授喜歡坐在書房靠窗的位置，彷彿看見窗外的李薇，愉悅的藏進灰樓院落花香遍野的草叢，也不忘對他揮手雀躍的輕喊：「齊悅，快來啊，快來找我啊，別老是躲在房間看書。你瞧，這園子的花，開得多麼的嬌美啊，還有這棵大榕樹的枝葉，都快要竄上天了呢。快來嘛，快進來找我啊。我和小桃，都在這兒等著你呢。」

那年齊教授才唸高二，臉色蒼白的像冬日落下來的初雪。住在對門的A大助理教授李薇，是父親齊老的同事，也是他的家庭教師，在父親齊老的委託下，每週三回都來為他補習功課。那時齊悅的母親才過世，自幼與母親黏膩的他，因為傷心過度，鎮日愁眉不展，滿腔的心事，仿若無人傾吐。個性活潑開朗的李薇見了，總愛拉著整天悶在書房的齊悅，往灰樓的庭園奔跑，盡說那兒的花朵，是天神最美麗的傑作，院落迎風舞動的綠蔭，和穿過葉片細碎的陽光，揮灑於詫紫嫣紅的花瓣上飄飛入泥，瞬間就成了濃密草叢間，一條祕密發光的小徑。

不知從何時起，每回下課後的黃昏，個頭嬌小纖細的李薇，總愛拉著瘦高蒼白的齊悅，抱著她那隻酷愛撒嬌的銀灰色波斯貓小桃，往灰樓濃密的草叢散步。有時興致來了，愛唱歌的李薇，還會對著眉眼清秀的齊悅，唱起家鄉的小調。李薇那軟軟香甜的音色，每每在齊悅靜靜聆賞的同時，撫慰了他抑鬱的青春，也日復一日，沁入他年少的心房，讓他漸漸忘卻喪母的悲痛，找回失去已久的歡顏。

那年住在灰樓的人，只要黃昏途經奇花綻放的庭院，總能看見聽到容貌姣好的李薇張著一雙靈秀的眼睛，嬌俏的望著年少俊逸的齊悅，在高大的林木草葉間，追逐嬉鬧的聲音。偶爾幾個莽撞的，更會撞現齊悅笑意微微的眸子，正深深的凝視著容貌清麗的李薇。齊悅那專注的眼神，看著李薇不覺羞紅著臉，也逐漸閃躲起來。那是因為李薇沒有忘記，齊悅無論同她再親近體己，都只能是她的學生，不能是什麼。李薇已經三十歲，早過了做夢的年齡，而齊悅的青春，才剛開始，他未來的人生版圖，絕不能斷送於一場無疾而終的戀曲。

可齊悅呢？從來不覺得李薇是他的老師。雖然父親要齊悅在眾人面前喊她李老師甚至是李阿姨，就好像李薇是父親專屬的物件，唯有父親能決定李薇的喜好選擇，連李薇都無法為自己發聲，只能像她豢養的波斯貓小桃，任由主子決定日後的命運。齊悅不懂，李薇那麼聰慧靈巧，怎會甘願束手就縛，成為父親的禁臠。李薇不是父親的同事，一樣在A大教書，擁有助理教授的職稱頭銜嗎？為何要如此委屈求全，看著父親的眼色行事，難道僅僅為了父親給她的酬庸。不，不可能。李薇說了，她不缺錢，她缺的是一個溫柔以待的知音，一個不畏世俗眼光，仍能拋下所有與她追逐夢想的人。過去她以為擁有，卻在背叛中醒覺。

這些攸關李薇的祕密，全都寫在屬名C的人送給她的日記裡，每夜哀傷的醒著。彷若提醒李薇，這世上所有的愛戀，全可以用來交換，倘始你有籌碼，就能掌控一切，包括命運的賭局。李薇自然不知道齊悅藉由一本祕密的日記，將她傷痛的過去，看得透亮也無所遁形。李薇從來信任齊悅，在她眼中這個有雙微笑眼睛的俊逸少年，像極了她往日癡心以待的人。特別是舉手投足間，屬於孩子氣的任性與羞澀，都讓李薇深陷過去的記憶。那個叫C的男人，原來也曾年少純潔，就像此刻站在灰樓院落的齊悅，令李薇的心微微波動，就要掀起濤天巨浪。

父親齊老對於灰樓傳的甚囂塵上的耳語，並非沒聽聞，而是不想圓了齊悅的念想。李薇終究要成為齊老的妻子，齊悅的繼母。這是不容改變的事實。齊老面對獨子齊悅與李薇的感情日漸加深，憤憤不平後，內心竟起了殘忍的決定。齊老先是有意無意對齊悅透露，A大有很多人追求李薇，其中包括老師和學生。李薇來者不拒，都與他們保持若即若離的曖昧關係。聽說A大還有個叫C的教授是李薇的舊愛，已婚的C對李薇至今念念不忘，還把自己的女兒命名為「李薇」，藉此紀念他們的往日情。倘若齊悅不信，可以去看李薇從不離手的背包是否繫有一個顏色素雅的「捕夢網」。那是C當年送給李薇的定情之物。

齊悅聽了父親齊老的話，蒼白的臉顏因微微的妒恨，脹的兩頰通紅，孩子氣的單眼皮，跟著失去往昔的神采。齊悅緊握顫抖的雙手，猛然想起李薇的日記，確實曾經親筆寫下：「生日那天，C深情的告白，雖然不能陪伴在我身旁，但願這小小的『捕夢網』能代替他為我捕獲每個美夢，也同時替我驅除恐怖的夢魘。」齊悅總算明白，迄今李薇還把C饋贈的「捕夢網」當成平安物，日夜帶在身邊。這一切不正說明了，在李薇的內心深處，C不單佔有一席之地，更是李薇無可取代的摯愛，既然如此，那夜微醺的李薇為何要握著他淨白修長的手說：「我喜歡你。你知道嗎？我真的喜歡你。求求你，別離開我，別拋下我一個人，孤獨的在這暗無天日的灰樓。」

親愛的C

從灰樓回來，江辰掛在背包上的捕夢網似乎有了變化，那酷似太陽的織網不知讓誰截去了一角。自此江辰每晚都做著同樣的夢，夢見瘦高清俊的齊教授走進灰樓幽深的草叢，對著一棵枝葉茂密的巨樹溫柔的唱歌，跟在身旁的貓咪桃桃也總是陪著齊教授繞著巨樹親膩的嗅聞，不斷發出喵嗚喵嗚的撒嬌聲，就好像那高大聳天的林木不是樹，而是一個人，一個齊教授和波斯貓桃桃極其親愛的人。夢裡的江辰發現自己，不再是十四歲的懵懂少年，而是一個年過四十的中年男子C。

在朦朧的月色映照下，C有張俊雅略帶滄桑的臉顏，嘴角長滿細細帶刺的鬍渣，發皺的雙手緊握著閃亮的利刃，正安靜的撥開灰樓暗夜裡一層層濃密的草葉，朝耽溺於輕唱的齊教授一步步走去。C冰冷的眼睛於午夜刺骨的寒風中顯得疲憊異常，額頭銀黑交織的髮絲隨風飄散，深鎖的眉結恍若有濃得化不開的愁緒，等著有誰為他開解。

那時圍繞著灰樓枝葉茂密的巨樹全都看見，不遠的草叢裡還有道模糊的影子，小心翼翼尾隨C的身後，正準備伺機而動。或許是暗夜太過幽靜，齊教授的歌聲太過婉轉動聽，有幾隻樹梢頭的領角鴞，隨著萬籟俱寂的院落，不斷發出「物物物」低沉的單音，惹得波斯貓桃桃追逐領角鴞的鳴叫，興奮的在草叢中奔跑。這一跑不得了。整個灰樓院落的奇花異草，都跟著繁星點點的夜空，舞動了起來，間接讓掩藏於林蔭中的C，意外曝露於齊教授的眼前。

藏在C身後那道模糊的魅影，只聞齊教授對著C輕笑道：「親愛的C，你，終於還是來了。我知道總有一天，我們會見面。只是沒想到，會在她們的面前。你一定很懊惱當初沒察覺我吧。也是。誰會提防一個乳臭未乾的高中生呢。」

江辰夢魘裡的C，面對齊教授的冷語，嘴角微微抽動著，一雙雅秀的眉眼變得犀利萬分，蜷縮於掌心的利刃，宛若下一秒就要劃破齊教授那張俊逸的臉顏：「李薇不是你摯愛的女人嗎？你怎麼忍心如此對她。那我的女兒呢？到底又做錯了什麼，為何你一樣不放過？」

「為什麼？我不知道。我只曉得，我一分一秒都不想見到你，那張永遠把李薇的心，給霸佔的臉。那年，你已經結婚了，已經擁有賢慧的妻子。你不應該貪戀，還要把我的李薇給奪走。錯的人是你，從來不是我。」站在C跟前的齊教授，脖子上掛著一張小小的網，顏色素雅，網線交織成太陽的形狀，網下由珠子串成的羽毛流蘇，迎著夜風在齊教授的衣領間微微晃動。

中年男人C見了，情緒失控的對著齊教授厲聲吼叫：「你，你，你真的瘋了。你脖子上的捕夢網，是她的東西，我要你馬上拿下來還給她。」

「還給她？怎麼還？你告訴我啊。是要把園子裡的樹都給砍了，還是把院落的整片草叢給掀開，叫她從冰寒的泥地裡，趕緊清醒過來。從我的脖子上，扯下你當年送她的捕夢網，如今卻成了她留給我的定情物。是嗎？親愛的C。」齊教授再次溫柔的微笑，對著臉色鐵青的C幽幽唱起歌來。那軟軟香甜的音色，聽在C的耳裡，更覺哀慟不已。當C終於無法忍受齊教授眸中的惡意，再也壓抑不住內心的悲憤，打算拿利刃刺向齊教授的咽喉時，藏在草叢裡的魅影比C的動作還快，手中兩把細長的鐵條直挺挺的在齊教授的眼前，飛快插進了C的胸膛，瞬間噴發的鮮血，染紅了迎面奔來桃桃銀灰色的長毛。

每夜的夢魘，江辰一次又一次看見化為C的自己，死在草叢的血泊裡，將灰樓幽深的美麗院落，染成一片血海。而C流下的每一滴血，將灰樓的奇花異草和巍峨的林木，滋養的越加繁榮詭密。但是，這可怕的夢魘，從來沒有一次，讓江辰看清究竟是誰躲在C的身後，殘忍的用鐵條刺死C。江辰腦海中殘存的影像，永遠是齊教授那張俊逸又溫柔的臉顏，耳際輕輕迴蕩著，也日復一日是齊教授迷離的歌聲。

蠱惑

可能是夢魘的蠱惑，江辰驚訝的察覺他的軀殼裡，住著另一個人。一個叫做C的男人。更令江辰驚恐的是，夢裡的C，不單與齊教授相貌神似，單眼皮的下方，一如江辰，有粒小小的「淚痣」。這種種的巧合，都令十四歲的江辰惶惑不安，悔不當初聽信桃林閣王阿婆的慫恿，替她去尋找多年前在灰樓院落遺失的東西。

兩個月前，江辰從補習班下課返家，才將單車停放於桃林閣的中庭，遠遠便聽見王阿婆叫他：「江辰，車騎那麼快，也不怕撞到人，我這把老骨頭，可經不起你橫衝直撞啊。」王阿婆話講到一半，就被一個頭戴探照燈的老男人給攔了去。走近的江辰只見這蓬頭逅面渾身酒氣的老男人對著王阿婆低聲耳語，瞧他賊頭賊腦的樣子，肯定有見不得光的祕密。料準王阿婆又在打桃林閣誰的主意，像她這樣學校退休以後，靠著存款過活成天閒晃的老人，餘生的價值，除了到處散播謠言，唯恐天下不亂外，老早沒有新鮮的話題。就在江辰打算轉身離開，起初對王阿婆竊竊私語的老男人突然瞪大眼睛，拉著王阿婆的衣領嚷嚷起來：「喂，妳這老太婆，當初說好的價錢，怎能翻臉不認帳，我警告妳，再這樣拖下去，妳的事，可別怪我抖出來。」

王阿婆平日雖讓江辰厭棄，但真遇見有誰要對她拳腳相向，江辰豈能坐視不管。於是江辰騎車迎面撞倒正在威脅王阿婆的老男人。臨近黃昏，全桃林閣都聽見有個慘烈的叫聲響自花園中庭，等大伙紛紛開窗察看，僅見一道黑影沿路哀嚎，逐漸消逝於入夜的街角。

從那天黃昏，王阿婆對她素來嫌惡的混小子江辰有了莫大的好感，逢人便誇這孩子年紀小卻頗有膽識，欣賞之餘，逮著機會不忘拉著江辰聊天，提起她女兒離奇失蹤，丈夫又在不久後神祕死亡的往事，自此美滿的家庭，變成只有她孤零零的一個人。

心軟的江辰聽聞，對於王阿婆自然起了憐憫之情，得空便陪著王阿婆追憶談心。有回在桃林閣的花園中庭，王阿婆竟老淚縱橫對著江辰哀嘆：「每次看見你背包上的捕夢網，就會想起丈夫在美國唸書，送給我的定情物，就跟你的捕夢網，長得一模一樣。只是後來我在灰樓，一不留神給弄丟了。」

那回之後，江辰便常聽見王阿婆提起齊教授，總誇齊教授人品相貌確是當年A大一時之選。她和丈夫同在A大教書那幾年，校園內的莘莘學子，尤其是女學生，一旦論及齊教授沒有不害羞臉紅的，想著哪天若能成為齊教授的新娘，該是多麼美好的事啊，可齊教授雖受女學生仰慕，卻從來沒有傳出戀情。彷彿每個年輕女孩，都可以是他生命旅程中的知音，只要她們願意傾聽齊教授趣味盎然的課，齊教授都樂於成為女孩的良師益友。包括王阿婆那個離奇失蹤的女兒李薇，也曾是齊教授十分親近的學生。

那年住在桃林閣的李薇，總愛抱著她的銀灰色波斯貓小小，散步到離住家不遠的灰樓，探訪和她一樣疼貓的齊教授。久了，連桃林閣的鄰里，都常常在路上撞見齊教授和王阿婆的女兒李薇，有說有笑的並肩走在一起，不知情的外人，還以為他們是熱戀中的情侶。因此當李薇失蹤，大家難免對齊教授起疑，懷疑李薇是不是同齊教授感情生變遇到什麼劫難，再也回不來了。一旦說到這裡，王阿婆總會長噓短歎，怪她的女兒李薇福薄，不知讓誰給害了，要不女兒同齊教授日久生情，才貌雙全的齊教授，遲早是她的乘龍快婿。言下之意，王阿婆從未如那些不明事理的，對女兒早已芳心暗許的齊教授起疑。在王阿婆的眼底，家世良好的留美碩士齊教授，犯不著做殺人劫色的勾當，以齊教授絕佳的氣質教養，出色的才情相貌，就算他想要得是天上的仙女，仙女也會自動下凡，與他諦結連理。

如今想來，江辰不得不懷疑王阿婆的用心。既然王阿婆與齊教授有數面之緣，失蹤的女兒還是齊教授的學生。那王阿婆在灰樓遺失了東西，理當委託齊教授代為尋找，何必要江辰去灰樓探個究竟。江辰越想越不對勁，覺得王阿婆雖口口聲聲誇齊教授是人中龍鳳，實則內心深處恐懼著齊教授。倘若不是，為何邀約王阿婆連袂一起去灰樓拜訪齊教授，王阿婆發皺細小的眼睛，竟閃過一絲驚恐，就好像去了灰樓，宛如野獸誤入林中的陷阱，只能任人宰割，再也沒有生還的機會。

連續多日的夢魘，使江辰對灰樓的過往憂心忡忡。金剛鸚鵡宙斯仿若能感受江辰夢魘的痛苦，也接連發出刺耳的嚎叫。午夜的宙斯不斷揮動翅膀，企圖除去江辰的夢魘，一如在灰樓草叢裡厲聲威喝，穿梭於翻湧花葉間，幾縷飄飛的魂魄。那些沒有臉顏的眼睛，像懸掛於樹稍，閃閃發光的燈籠，居高臨下的窺視著，迷失於院落的江辰。若非宙斯敏銳察覺灰樓草叢內，有魍魎魑魅藏身於花葉泥地，等著暗夜來臨，就要鑽進江辰的耳朵，霸佔江辰的身體。那時為了拯救江辰，免於鬼魅附體的惡運，宙斯只能豁出性命與陰魂纏鬥。可來不及了。即便宙斯英勇驅邪，仍不敵命運的擺弄，依然有縷青煙躲過宙斯凌厲的攻勢，從江辰的腦門，竄了進去。

自灰樓返家起，江辰每夜老覺得身體輕飄飄的，彷彿只要窗子一開，就能隨風飄向天涯海角。夢魘中的江辰，不僅成了慘死在灰樓草叢裡的中年男子C。每天早晨醒來，背包上父親江風送給他的捕夢網，最初錯綜複雜的網線，慢慢一截截散落，先是珠子掉了幾顆，後來是羽毛隨意分岔開來。捕夢網上，象徵光明的太陽網線，隨著江辰夢魘日益灰暗毀壞，線頭明顯開始鬆脫，眼看著就要完全斷裂。

江辰察覺背包上捕夢網的變化，感受到體內除了住著一個叫做C的男子，眼睛因為C的緣故，亦變的目光如炬。從那時起，江辰無論置身如何陰暗的地方，皆恍若白晝。而捕夢網殘存的網眼裡，似乎藏了幾張模糊難辨的臉，一旦江辰附耳，甚至還能聽到那些臉，傳來痛苦的哀鳴。

醜事

又到夕陽西下。齊教授關上鐵門前，望了坐在書房的父親齊老一眼，露出一貫溫柔的微笑，抱起腳邊摩蹭的波斯貓桃桃，親膩的說：「李薇在那兒等我們了。李薇說過，黃昏時灰樓的院落，是最美的，園子裡草叢內鮮麗的花朵，妖艷的草葉和直達天際的林木，以及隨風搖曳的綠蔭馨香，都是天神最完美的傑作。所以李薇對我說，即便死了，都要躺進灰樓百花盛開的草叢，嗅聞潮溼泥地裡腐葉散放出來的獨特清氛，聽灰樓院落內，每棵高聳的巨樹枝幹上，領角鴞發出的聲音，只要聽到這來自暗夜絕美的旋律，李薇說，就算是永遠沉睡在灰樓，也是值得的。」

波斯貓桃桃沒有回話。僅是喵嗚、喵嗚的撒嬌，睜著那雙碧綠色美麗的瞳眸，鑽進齊教授的懷裡，輕輕回首望著，坐在窗前那個滿頭銀髮的老人。黃昏的窗台揮灑入室的霞光，將老人那張斑駁的臉顏，映照著恍恍惚惚，時光彷如在老人微禿的額頭上，靜止了。齊教授遠去的門外，好像又傳來年輕的A大助理教授李薇嬌俏的笑聲，聽李薇拉著還在唸高中的齊悅一起到灰樓院落散步，說那兒是他們的祕密花園，藏有李薇和齊悅海誓山盟的約定，只要走進這裡，誰也不許拆散他們，即便是一路提拔李薇，疼愛齊悅的齊老也不行。

齊悅惡狠狠的說了，若有誰膽敢拆散他和李薇，那麼無論是誰，都只有死路一條，就算是他的父親齊老，他摯愛無悔的李薇，都一樣要死，沒有商量的餘地。當齊悅撫著李薇冰冷的臉顏，坐在灰樓巨樹下溫柔的唱歌，一隻和桃桃長的一模一樣的銀灰色貓咪，正陪著李薇和齊悅在夕陽西下，欣賞霞光萬千的美景，彷彿替齊悅見證了李薇，再也無法背叛的感情。

桃林閣的深夜，王阿婆打開丈夫李見生前的書櫃，取出A大助理教授李薇寫給李見的信，一次次來回仔細閱讀，也一次次把那封屬名給「親愛的C」的泛黃信紙揉皺又撫平。彷彿透過這小小的儀式，埋藏於心中遭人背叛的疼痛，可以稍稍減輕。王阿婆記得女兒剛出生那天，丈夫李見興奮的摟著女兒發皺微紅的身軀，開懷的向她宣告：「妳瞧，女兒這甜甜的模樣，多像是園子裡嬌美的薔薇，在日落的窗前，兀自散發淡淡的芬芳。」

許久王阿婆才曉得女兒的名字，竟是丈夫李見為了惦念舊愛的印記，同女兒是否芬芳嬌美絲毫沒有關係。儘管女兒的相貌一點也不遜色於李見那個念滋在滋的A大助理教授李薇。可都結婚這麼多年了，那個叫李薇的女人，居然還厚著臉皮給丈夫李見寫信，親膩的在字裡行間，稱呼李見為「親愛的C」，要他替她擺平齊老的獨子齊悅，說那才念高中的男孩，如何讓她進退兩難，不單無法在灰樓住下，更被迫要離開A大另謀出路。她只能求助於「親愛的C」，遠離傷心地灰樓。最後，那個賤女人李薇，還假惺惺的在信上致歉，說若非萬不得已，絕不會叨擾李見美滿幸福的生活，更期盼他能為她守住祕密。

老天有眼，終究還是讓王阿婆發現賤女人李薇，寫給丈夫李見的信，讓齊老的獨子齊悅告訴她，丈夫從未愛她的事實。原來李見終日不離身的「捕夢網」，是李薇和他一起在美國留學時的定情物，連女兒的名字，都是丈夫摯愛李薇的鐵證。當年的王阿婆在李薇即將離開灰樓的黃昏，拿著丈夫李見的捕夢網來到灰樓院落的草叢，質問李薇為何要破壞別人的婚姻。縱使李薇不斷辯解，怒火中燒的王阿婆，依舊沒有放過她。那天快要日落的時候，王阿婆才八歲的女兒和藏在草叢裡窺視的高中生齊悅，親眼目睹王阿婆在盛怒之下，將李薇一刀斃命，又驚慌的逃走。

令王阿婆深感恐懼的是，賤貨李薇的屍體，始終沒有被發現，就好像無故消失在灰樓幽深的別院。多年之後，女兒和丈夫，更接二連三在灰樓失蹤和遭人謀害，迄今仍找不到女兒的下落，跟殺死丈夫的凶手。前陣子，王阿婆聽聞灰樓要修繕改建，便買通那兒的監工柯桑，要柯桑到灰樓幫忙尋找掉落在院落裡的捕夢網，王阿婆殺死李薇之後，因為過度驚慌，遺留下來的證物。

那只沾滿李薇鮮血的捕夢網，至今非但沒找著，竟連渾身酒氣的柯桑，都跟著捕夢網消失在灰樓濃密的草叢。王阿婆對柯桑的失蹤，一方感到害怕，一方則慶幸再也不必受到這個酒鬼的威脅，脅迫王阿婆若不付出高額的封口費，就要將她的事告訴齊教授。因為柯桑發現齊教授的衣領間，掛著王阿婆苦尋多年未果的捕夢網。貪婪的柯桑逮住了王阿婆的軟肋，知曉她遺失的捕夢網定有不可告人的醜事。

醜事對於齊老來說，老早司空見慣。當齊老昧著良心，幫獨子齊悅在灰樓的草叢埋下心愛的李薇，齊老就明白過去的驕傲與榮光，將隨著灰樓煙滅於恐怖的深淵。有段日子，齊老不惜裝瘋賣傻，躲進了精神療養院，藉此逃避表面溫柔俊逸，內心卻灰暗冷酷的齊悅。齊老不願相信備受A大器重、學生喜愛的齊教授，他疼惜已極的獨子，會因為一場無疾而終的愛戀，變成一個心裡扭曲的惡魔。更悲慘的是，齊老居然費盡心力守護這個人面獸心的怪物，久而久之，齊老驚愕得發現，他衰老崩壞的臉顏，恍若地獄裡青面獠牙的鬼魅。

齊悅的王國

打開抽屜，齊教授拿出學生李薇寫來的信，薄荷綠的信紙有著茉莉花的香氣，那是李薇特地為齊教授精選的短箴，好讓齊教授用來收藏李薇靈秀的字跡和唯美的詩篇。那年，齊教授自美學成歸國，剛在A大外文系任教，每天在灰樓院落散步，總會遇見一隻銀灰色的波斯貓小小，為牠親愛的主人李薇當信差。身型高挑的齊教授，也總會彎下身子抱起小小，輕輕拆下繫在牠頸間的信箴。那是學生李薇，與齊教授祕密的約定，約好不能相見，就以信傳情，迴避周遭的耳語。

齊教授望著學生李薇寫給他的最後一封短籤，籤上仍舊寫著：「你總愛問我，李薇，妳相信感情嗎？相信一個人，會永遠愛一個人？想你每次問我，總會望著窗外的院落，輕輕的嘆氣。有時，更會靜靜的落淚。為什麼？為什麼你要這麼難過，只因為我說，相信我，我會永遠愛著你，無論你變成什麼模樣。」

學生李薇的誓言，齊教授猶言在耳，最終，卻不敵殘酷的現實。這麼多年過去，每當齊教授重新閱讀學生李薇寫給他的信，依舊會有些許感傷，唸著若非她企圖窺探他，揭開她兒時驚悚的謎題，或者她真能成為他的摯愛。遺憾的是，青春耀眼的學生李薇，如同躺在灰樓院落裡沉睡不醒的李老師，對於齊悅的愛，永遠心有旁騖。對於背叛感情的人，齊悅以為灰樓幽遠幽深的草叢，會是她們最佳的去處。

齊教授記得，學生李薇那晚喝下他調配的雞尾酒之後，迷惑又驚恐的表情，彷彿質問：「啊，天啊，是你，八歲那年黃昏，我在灰樓草叢中看見的眼睛，真的是你。是你跟那隻銀灰色的小貓，帶我離開那個可怕的院落，也是你害媽媽在憤怒之下，把那個女人一刀斃命。我想起來了，我終於想起來了，是你把字條繫在那隻銀灰色小貓的脖子上，故意讓媽媽知道爸爸不愛她，心裡只有那個叫李薇的賤貨……」

可惜十八歲的學生李薇領悟的太晚了。那天深夜，齊教授一如過往，將深愛他之後，又不忘背叛他的情人，抱進灰樓濃密的草叢，讓學生李薇的愛貓小小，在昏睡以後，陪著牠的主人，一起埋進院落潮溼的泥地裡，恍若十年前，慘遭情敵刺死的李老師，同她可愛的銀灰色貓咪小桃，永遠沉睡在齊教授為他們一手打造的幽暗王國。一切是如此完美。沒有誰可以再從齊教授的手中，奪走他最親愛的人。

自從女兒李薇失蹤，A大教授李見和妻子王玫，不知在大街小巷貼過多少尋人啟事，還是沒有消息。警方到A大明察暗訪，找到與失蹤學生李薇關係親近的齊教授偵訊，仍然找不到任何線索。時日一久，A大師生逐漸淡忘李薇離奇失蹤的事。除了李見愛女心切，瞞著眾人與妻子王玫，偷偷跟蹤嫌疑最重的齊教授，已經沒有誰再關心A大學生李薇的生死。

李見會對齊教授起疑，源於女兒的貓咪小小。有回下課，李見途經灰樓，看到齊教授抱著小小親吻，將繫在小小脖子上的信籤取下，邊瞧也邊微笑著，那雀躍的神色，恍若熱戀中的男人。這為愛癡迷的表情，李見熟悉已極。因為在齊教授的臉上，李見看到過去的自己。從那時起，李見開始留意女兒的動靜，察覺她每天黃昏，都會把信籤繫於貓咪小小的頸項，附耳輕聲交代：「快去找他，趕在日落以前，別讓他等。快，小小，快去找我的齊悅。」李見躲在女兒的門外，聽見李薇吐露內心對思慕之人的疼惜。錯愕之餘，感到異常震驚。

直至女兒在灰樓失蹤，李見才感到當年舊愛李薇不告而別的事，疑點重重。為此心生疑竇的李見，不惜請私家偵探跟蹤齊教授，查探齊教授的日常，不管是教書上課、演講開會，或者私下跟系裡同事學生的互動，李見都要偵探每天俱實以告。終於，在緊迫盯人的監控中，偵探發現齊教授人前雖與同事相處和睦且備受學生崇拜仰慕，人後實則孤僻成性，不擅與人交際，生活裡陪伴齊教授的，除了父親齊老，便是一隻銀灰色的小貓。前兩年，灰樓的管理員還常看見

一個漂亮的女孩抱著她的貓，好像也是銀灰色的波斯貓，常來找齊教授，鄰居經過灰樓的院落，都會聽見齊教授和年輕女孩說笑的聲音。管理員悄悄跟偵探透露，後來他才曉得女孩是齊教授的學生，同系李教授的獨生女。某天深夜，管理員在灰樓值夜，耳聞女孩與齊教授發生劇烈的爭執，沒隔幾日，就聽見女孩失蹤的消息。因為苦無證據，又人命關天，管理員為保住飯碗，便絕口不提。

看了私家偵探傳來的調查報告，李見不只確信女兒的失蹤和齊教授有關，也懷疑過去不告而別的舊愛李薇，很可能已經在灰樓慘遭殺害。否則女兒李薇一封尚未寄出的信，絕不會字跡顫抖的寫著：「你就忘了她吧，讓她永遠躺在灰樓的草叢裡。你不是說，有了我，從此以後，你就會忘了她，忘了她帶給你的痛苦。她是你的李薇。別忘了，我也是你的李薇啊。」

那天深夜，白髮蒼蒼的齊老跟在李見的身後，悄悄走進灰樓濃密的草叢。齊老知道李見終於要來找獨子齊悅索債，在一切殘忍的真相揭開之前，齊老所能做的，仍是身為人父必然的抉擇。就像李見終於意識到女兒和舊愛相繼因為齊悅慘死於灰樓的草叢，此刻，緊握在李見手上的那把利刃，一樣是他替女兒所能做的最後的復仇。同樣身為人父，齊老豈能不懂李見內心的悲憤哀慟。可齊悅終究是齊老唯一的兒子，就算齊悅犯下多麼不可饒恕的罪行，齊老也只能幫齊悅一肩扛下。

不久，院落內巨樹上的領角鴞，在暈黃的燈光下，看見一個頭髮銀白的老漢，手中拿著兩根沾滿鮮血細長的鐵條，而離老漢不遠處，有位膚色如雪的男人，正對著躺在草叢內一動也不動的黑影冷笑：「我說過了。不管是李薇，還是李薇的捕夢網，都是我齊悅一個人的。你不屬於灰樓，你不配走進我灰暗的王國。只有李薇和李薇的那隻銀灰色小貓，才是這兒永遠的主人。你，不配。親愛的C。」

火

灰樓大火。江辰一早上學聽桃林閣鄰里驚恐的說，昨晚灰樓發生大火，火光艷瀲，濃煙四起，整個院落的草叢頃刻被燒得精光，幾棵高聳入天的巨樹，讓烈焰吞噬的只剩下乾枯的枝幹。據聞是齊教授的父親齊老縱火造成的憾事。詭異的是，灰樓絲毫未損，火勢雖猛，卻僅限於院落濃密的草叢，所幸齊教授及時發現，立刻通知警消趕來滅火。可仍遲了一步，縱火的齊老來不及從草叢裡逃脫，被發現時已成焦黑的屍體。身為人子的齊教授悲痛萬分，哭的泣不成聲，而灰樓的修繕工程因為院落突發的大火，暫時全面停工。

江辰以為王阿婆聽到灰樓的不幸，會跑來找他議論其中的曲折。一個禮拜過去，江辰不只沒有在桃林閣遇見王阿婆，還發現她家信箱塞滿了郵件，就好像王阿婆憑空消失了一樣。因為擔憂王阿婆的安危，江辰拿她藏在門外的鑰匙，潛進她家察看。可江辰查遍了王阿婆居所的每一個角落，仍找不到任何行蹤。江辰想，若是出門旅遊，以王阿婆謹慎的行事風格，必然告知桃林閣的管理員，委託他照看門戶收取信件。然而王阿婆走的行色匆匆，連冰箱裡的食物都沒有清空，曬衣架上的衣物，仍掛在陽台飄來蕩去。那麼只有一種可能，就是有什麼事，迫得王阿婆不得不拋下一切，立刻就走。

前些時候，王阿婆曾語重心長的說：「孩子啊，你相信輪迴嗎？人到頭來，終究要為犯下的錯誤負責，誰都別想逃。」江辰初聽以為王阿婆畢竟年邁，不免對人生有所感悟，此刻念起，才發現她是「話中有話」。一會，江辰果然在王阿婆房間的檀木盒內，找到一封信。信中寥寥數語：「妳要捕夢網的話，就來灰樓。我等著妳，不見，不散。」

江辰讀完信，心頭掠過一絲陰影。一週前，發生在灰樓院落的那場大火，該不會與音訊全無的王阿婆有關。有了不祥的預感，江辰對於王阿婆的安危，更加掛慮。那天深夜，心事重重的江辰，在夢魘居然撞見三十年前的王阿婆王玫，臉色倉皇雙手是血的自灰樓草叢裡跑了出來，周遭還傳來小女孩號哭的聲音。然後是年少的齊教授和一隻銀灰色的小貓，突地從草叢裡竄到眼前，指著江辰說：「親愛的C，這回你親眼看到了吧，你妒火中燒的妻子，是怎麼殺了你心愛的女人。而這所有的悲劇，全是你一手造成的。」

夢魘中，齊教授不只望著悲痛已極的江辰，手中更舉起火把，扔向急欲逃離的王阿婆身上，瞬間灰樓院落火光四溢，江辰的耳際猛然聽見王阿婆慘烈的哀嚎，一聲比一聲淒厲，更恐怖的是，草叢內，不單王阿婆渾身是火，在她身後還有一個滿頭銀髮的老漢，站在火海裡悲痛的嚎叫：「不准砍樹，我說過了，只要我還有一口氣在，灰樓的任何一棵樹，誰也不准給我砍。」

隔日醒來，江辰背包上的捕夢網，網眼裡隱約多了沒有五官的臉，聯結珠子的網線又斷了半截，串珠下雪白的羽毛，猶似染上血漬。江辰見了，不覺觸目驚心，對於日前發生在灰樓午夜的大火頓感疑慮，念著縱火燒掉草叢的人，或者不是大家指稱的齊老，而是夢魘裡縱火燒死王阿婆的齊教授。可夢魘中的一切，若沒有確鑿的證據，又有誰會相信少年江辰的指涉，任意去冤枉像齊教授這樣一個才德兼備的學者。況且聽桃林閣的鄰里口耳相傳，那夜齊老發瘋似的拿著兩根沾滿血漬的鐵條，先是在灰樓的院落不斷來回穿梭，逢人便刺，更叫囂喊道：「來啊，你們來啊，不怕死的，都來啊。我見一個，刺一個。誰叫你們要砍我的樹，要害我的兒子，不讓我的齊悅好過。」

由於目睹齊老瘋狂行徑的不只齊教授，還有那晚在灰樓加班修建的工人，全都氣急敗壞的痛訴，齊老是如何揮舞手中的鐵條威脅大家的性命，後來趁眾人不注意，更鑽進濃密的草叢點火自焚，瞬間火勢延燒開來，將灰樓美麗的院落，燒成一片荒蕪的廢墟。江辰夢魘中所看到的驚悚畫面，難道只是虛幻的經歷。若真是如此，為何江辰背包上的捕夢網，網眼中不斷增加的模糊臉顏，會日以繼夜在江辰的耳裡，發出痛苦的哀鳴。

人去樓空

黃昏以後，整棟灰樓只剩下齊教授和他的波斯貓桃桃，還有書房窗外一片焦黑的院落。這時若有誰打開窗，仍聞得到空氣中彌漫著濃濃的煙硝味。齊教授抱起腳邊摩蹭的桃桃，輕撫著老師李薇送給他的捕夢網，彷彿聽到她溫柔的對他說：「齊悅，這是我的捕夢網，一直守護著我，現在我把它送給你，讓它代替我，守護你的安危，永遠陪伴著你，為你留住美夢，驅除可怕的夢魘。」

三十年來，老師李薇的捕夢網確實為齊教授擋去接踵而至的災厄，讓她即便成了灰樓泥地裡冰涼的屍體，依舊能透過小小的捕夢網陪伴著齊教授。恍若老師李薇從未離去，只是化成一縷魂魄掩身於捕夢網，暗暗窺視著齊教授的人生。那年，三十歲的老師李薇在離去灰樓的前夕，喝的酩酊大醉，對著當時只有十七歲的齊教授哀痛的承認：「我喜歡你。齊悅。我真的喜歡你。可為什麼所有的人都要擋在我們的面前。你能告訴我嗎？究竟有什麼辦法能讓我們永遠在一起。」

除了死，那年才唸高二的齊教授實在想不出更好的辦法，可以阻止父

親齊老和外界異樣的眼光。齊教授深怕終有一日老師李薇會承受不住眾人的指責，不得不選擇棄他而去。念起往昔種種，齊教授對著懷中的愛貓桃桃哀傷的說：「她終究捨不得我。要不，她發現我要害她，卻還是去了草叢，讓那個女人一刀刺穿她的胸膛。臨死前，只是溫柔地對我說，別難過，這不是你的錯。也許，唯有這樣，我們才能永遠在一起。」

波斯貓桃桃喵嗚兩聲，一雙碧綠色美麗的瞳眸，宛若又看見齊教授領著牠，挖開濃密草叢內埋藏多年的屍骨，也默默的將屍骨燒成灰，藏入齊教授頸上的捕夢網。如此一來，就算老師李薇與齊教授陰陽相隔，都能透過捕夢網，海角天涯如影隨形。只是齊教授離開灰樓前，仍需將父親齊老風乾的屍身煙滅。齊老在刺死李見後，老早畏罪服毒身亡，坐在灰樓書房的是一具沒有靈魂的軀殼，齊教授為了掩人耳目，不惜佯裝父親齊老現身於大家的面前。而修建灰樓的蠢笨工人，竟傻到相信那個鎮日顛狂的銀髮老漢，真是齊教授的父親，甚至為了貪婪，不惜替齊教授做偽證，四處散播齊老在灰樓刺人縱火，使齊教授燒了灰樓的院落，仍能全身而退。

此刻齊教授微笑著，望向灰樓窗外一片荒涼的院落，親吻起波斯貓桃桃可愛的臉頰：「啊，多虧了妳，咬斷王玫的頸子，讓那個殺死老師李薇的女人，終於得到應有的懲罰，陪著父親一起葬身於熊熊的烈火，也算死得其所，和她枉死的丈夫、女兒一家團圓。桃桃，妳說，我算不算是做了件善事。」

那夜王阿婆收到齊教授寄給她的信，焦急來到灰樓濃密的草叢，站在當年一刀刺死李薇的巨樹下，不斷用雙手刨挖泥地，企圖挖出齊教授所說染血的捕夢網。豈料挖開泥地後，泥中埋的哪是染血的捕夢網，居然是監工柯桑腐爛的屍體。那時王阿婆驚得魂飛魄散，立刻轉身想逃出草叢，可來不及了，有道小小的黑影剎時撕開她的頸子，緊接著周遭草叢盡是火光，在她身後有個銀髮老漢正張著一雙暗黑的眼睛緊盯著她。

父親齊老喪禮結束，齊教授離開了傷心地灰樓，辭去A大的教職，沒有人知道他和波斯貓桃桃去了哪兒，只曉得在他搬出灰樓時，有個少年帶著一隻金剛鸚鵡來找過他。監工回憶的說，那天好像是黃昏吧，少年將他背包上的捕夢網交給齊教授。奇怪的是，少年離開齊教授，正要踏出灰樓，竟頭暈目眩的昏了過去，瞧他臉色鐵青的模樣，宛如中邪。等少年清醒，竟忘了他為何來到灰樓，更不記得他見過齊教授。只說他叫江辰，住在灰樓附近的桃林閣，午後騎著藍色單車，帶著金剛鸚鵡宙斯出門，然後，他的腦海，就一片空白了。

江辰自灰樓回來，爺爺江鶴發現他背包上毀損的捕夢網已然消失，江辰的睟影軀殼再也沒有一個叫做C的男子。爺爺江鶴恍惚明白，江辰前世的糾結，總算得到了化解。沒兩日，桃林閣傳來王阿婆出國投奔親友安享晚年的消息，以致留在居所的東西全委託管理員處理。江辰聽聞，只覺桃林閣少了這樣碎嘴的女人，耳根總算清靜，渾然忘卻與王阿婆曾經友好。

拉開簾幕，齊教授坐在機艙內，望著窗外晴朗的天色，手裡緊握著江辰斷裂的捕夢網，靜靜聆聽困在網中，幾張沒有五官的臉顏，發出痛苦的哀鳴。那淒厲的聲息，對於齊教授來說，無疑是生命中最大的慰藉。而齊教授衣領間的捕夢網，網中的一縷幽魂，正唱起甜甜的曲調，猶似伴著他，在塵世中安穩入眠。

李薇

胡靖偲

也許我們都嗜血
鮮血代表愛情
在那樣
見不得人的白天
我們親手掩埋
那些過去式
回不去
而他選擇了斷
帶著微笑
帶著罪名留下
只恨
那一個夢
那些圓
始終無法完全
悲哀
只因她不曾離去

別難過
也許光明
才能代表黑
她溫柔
而他選擇虛偽
也是
真正的守護
不是夢
真正的背叛
不是罪
當心哪
也許
多刺的薔薇
會使你
不自覺沾上鮮血

雨

循環

章家祥

有人說這個世界的水，不斷循環
再循環。從水，蒸發；凝結
視狀況成為雨水、冰雹或是白雪
自然循環。我不怕你從我的眼前
離開或逃走，或蒸發；如同水一旦擁抱炙熱
成為蒸氣，甚至氧氣，如同我的愛情啊！
不斷循環，用另一種樣貌再度回來。真的
我從不畏懼，你從我的手心裡成為一絲氧氣
因為水不會離開地球，它會循環而存在。一直到永遠
我的宇宙裡，有為你豢養的愛情，自然循環
直到永遠。我的愛情就像水，即便途經
烈焰的沙漠，因為你存在於我的宇宙。

周末鈴聲大作，一聲比一聲躁鬱，就像午後窗外的雷雨，轟隆隆的便把整條綠波街傾刻淹沒。李晶念著，肯定是江辰才會按的如此心急，彷彿她再不應門，世界就要崩毀，讓他無處安身。

果然，門才打開，江辰和金剛鸚鵡宙斯便飛快竄了進來，伴隨著宙斯響徹雲霄的鳴叫，險些把大樓的屋頂給掀了。為此李晶皺著眉頭怨懟：「喂，宙斯小聲點，再這麼淘氣，下回就不准你來我家玩哦。」

可能是聽了李晶的威喝警告，也可能是江辰的及時撫慰，一會兒，起初亢奮的宙斯居然安靜了下來，兀自舔起牠顏色鮮麗的羽毛，聽江辰對李晶探問：「妳覺不覺得，今天這雨，下得有些古怪。」

「古怪？午後常有雷陣雨啊，難不成一點風吹草動，你就跟著捕風捉影。」李晶把改好的習作放在書桌，要江辰仔細閱讀，也不忘調侃他。

「真的，我沒矇妳。剛在我爸車裡，一路看著，雨劈哩趴啦的下著，綠波街上的房子，一棟棟跟著消失於雨中，又一棟棟追著雷鳴閃電，出現在窗前。儘管只有幾秒，但，我確確實實撞見了。」

瞧江辰說的這般驚恐，李晶的心不由跟著涼了半截。想起中午，雨剛飄下來時，老舊的大樓，微微晃動了，原以為是地震，後窺見愛貓糖糖一雙碧綠色的瞳眸直盯著窗口，就好像那兒真有什麼，可等李晶走近，耳際僅傳來滴滴答答的雨聲，伴隨著天空隱隱的雷鳴，除了藏在樹影中的樓房，瞬間消失，又剎時浮現，窗景一切如昔。

江辰看著心神不寧的李晶，料準她如他發現雨間的古怪，便趁勝追擊，想從李晶那兒探出端倪。可追問半天，仍無所獲。兩個小時過去。惶惶不安的江辰，把李晶交代的習作匆匆完成，這時窗外的雨，總算停歇。掩藏在綠蔭裡的屋舍，一棟棟漸漸清明了，恍若從未消失在雨中，陽光突破灰暗的雲層，重新展現璀璨的光芒，整條綠波街再度鮮活了起來。

一會乖巧的貓咪糖糖好奇的瞪大眼睛，趴在金剛鸚鵡宙斯的旁邊，仰頭望著這隻龐然大物站在江辰的肩頭，用爪子擒著芭樂享受水果甘甜的滋味，細細聆聽李晶對江辰習作的讚賞，並允諾一起到一〇五遊晃的請求。只是去一〇五之前必須將宙斯和糖糖委託大樓管理員董伯照料。誠然對一〇五這樣指標性的觀光景點來說，寵物是最不受歡迎的客人。

下樓不久，李晶將寵物袋中的宙斯和糖糖交給來應門的董伯時，竟聽見老人家喃喃自語：「這雨，又來了。這回，不知誰要招罪了。唉。」

由於董伯的聲音極其微弱，李晶聽得並不真切，便不好多問。可耳尖嘴快的江辰，還是搶先了一步，追問起董伯的嘆息所為而來，只聞年少氣盛的江辰問的單刀直入：「這雨為何會讓人招罪？難不成以前有人受了罪，讓雨所害？所以您才會這麼感嘆，對不對。」

「哦。沒有，沒有。我老糊塗了，隨口哼了幾句。你小哥可別當真才好。不雨，便是雨。哪能成啥禍害，經不起日頭出來曬，沒兩下，地，就乾了。不信，你瞧，這整條綠波街，連路上的紅磚，踩起來都是熱氣蒸騰的，哪還有半點雨啊。」

滿臉皺紋的董伯，讓少不經事的江辰這驚天刺探，嚇得渾身是汗，猶似埋藏胸口的祕辛，被人一眼看穿。為了掩飾臉上的慌亂，董伯向李晶揮了揮手，示意要她放心，他會好好照應兩個小傢伙，便急沖沖的拉上窗簾，誰也不見了。

「這老先生肯定有鬼。若不是，我才問他兩句，幹嘛嚇得門窗緊閉啊。」江辰仍不死心，又朝董伯的管理室叫嚷了幾聲，大約要董伯好生照顧宙斯，別讓他的金剛鸚鵡平白讓「雨」淹沒。嘴皮子耍夠了，便緊追著李晶，往綠波街前進。

「妳瞧，天都放晴了，騎youbike去一〇五再適合不過。」身高手長的江辰一個箭步隨即趕上纖細嬌小的李晶，試圖說服她以單車馳騁於險象環生的馬路，像熱門卡通「海賊王」乘風破浪不畏汪洋的挑釁，都要冒險犯難享受刺激的快感。

可李晶怕極了在馬路橫衝直撞，與恍如蟻群的機車爭道，擔憂疏懶多時的駕駛技術不足以操控單車的速度，一旦騎上youbike，恐怕只有死路一條，落得被汽機車分屍的命。李晶可不是神乎奇技的江辰，非但能把youbike當孫悟空的「筋斗雲」使，還能帶著金剛鸚鵡宙斯飛奔狂飆，形同氣定神閒的賽車手，一下子就直抵一〇五。

就這樣你來我往僵持了許久，明亮的天色越來越灰暗，雲流動的速度慢慢加快，天空又開始變得陰沉。江辰怕雨來，騎單車危險，終於脹紅臉，心有不甘的跳上計程車前往一〇五，放棄以youbike征服馬路。豈料才剛坐定，嘩啦一聲，雨便灑了下來，整片急駛的車窗，剎那被晶瑩剔透的雨滴佔領，那一顆顆小小的水珠，像極了在暗夜海上發光隨波逐流的水母。看似空靈美麗，一旦輕觸，便讓人萬劫不覆。

「妳發現了嗎？路口那家7-11，剛剛，突然不見了，就在雨落下來的瞬間。」計程車內，江辰微傾著身子，挨著李晶悄聲探問。

「嗯。我看見了。好像是被雨吞噬，之後，馬上吐了出來。」李晶像是對江辰回話，又像是兀自陷入往昔。

國二那年，也是這樣雷電交加的陰雨天，李晶獨自站在客廳，望著窗外灰黑一片的天空，擔憂午後下課回來的父親，若發現她的成績退步到令他痛心的地步，不知會如何難堪。因為耽憂，李晶望著窗外隨著閃電雷鳴，不斷自天空墜落的雨滴，祈求這越來越強的雨勢，能將她住居的大樓淹沒，就像從來不曾存在過。那麼等父親回來，就不會記得有個讓他失望的女兒。所有令人憂懼的事，都能隨著雨的沖刷，徹底潔淨清爽，世上的一切，在陰雨雷電肆虐之後，又變得光明而美好。

令李晶扼腕的是，雨，終究沒有將大樓淹沒，她依然得日夜面對父親失望又慈愛的眼神。那年，樓下新來的年輕管理員陳少，發現李晶常常獨自坐在三樓的窗口發呆，特別是有雨的周末午後，李晶總在練琴之後，打開臨近樹影的窗子，把整張白皙的瓜子臉探出去，讓從天而降的雨滴，跌落於她娟秀的臉顏，緩緩潺濕她水靈的眼眸，彷彿透過雨的洗禮，她的靈魂可以從苦痛中解脫，得到重生。

最初陳少會注意李晶，純粹怕她發生危險，擔憂她稍不留神，就要從三樓摔落，基於大樓管理員的責任，不得不出言勸誡她當心。至於後來嘛，便是察覺李晶青春的臉顏，總難掩愁容。有幾回，上樓送信傳話，更撞見她眼睛紅腫，似乎哭過的樣子。久了，年長李晶十歲的陳少，便以兄長的口吻寬慰起李晶來，邀她若有心事，不妨來大樓中庭花園看看他植栽的花草，疏解胸中的煩悶。說不準，整個人就能變得豁然開朗。

那年陳少對李晶的細心寬慰，無疑是溫柔的救贖。每每，李晶總愛在周末午後，練完琴時，打開窗子，對著迎風飛舞的樹影輕喊：「陳少哥哥，園子裡的海棠花開了嗎？上回說，要在園裡鑿座池塘養金魚是真的嗎？你可知道，我從小就愛亮閃閃的金魚，瞧牠們在水中游來游去的模樣，像極了活力充沛的小太陽。」

誰知李晶這親暱的呼喚，落在大樓有心人的耳裡，竟成了陳少利用管理員職務之便，拐騙或者高攀名門少女的鐵證。受不了流言困擾的陳少，有陣子為保住工作，只能刻意疏遠李晶，但又怕心思敏銳的李晶難受，好不容易開朗的心再度塵封，以致陳少與李晶悄悄約定，每當周末有雨的午後，在雷鳴閃電的掩護下，李晶只要打開三樓窗子往中庭花園一探，就能看見陳少穿著李晶送他的紫藍雨衣，正忙著將新栽的花朵放進透明的遮雨棚，悉心為李晶餵養她喜歡的可愛金魚。

「喂，妳在想什麼啊，一路精神恍惚的，我叫了妳好幾回，妳像被窗外的雨給迷住了，連眼睛都不眨一下。」江辰推了推陷入沉思的李晶。

「我這是怎麼了，腦子亂轟轟的，只覺又疼又重。綠波街路口的7-11在雨中消失了嗎？還有一〇五到了沒？」李晶讓江辰猛然一喊一推，猶如大夢初醒。

「小姐，再轉個彎，過兩個紅綠燈就到一〇五了。可下雨，路況不好，恐怕還需七、八分鐘呢。」計程車司機從後照鏡望了李晶一眼，歉疚的說。

「沒有，7-11還在。它不見的時間，不到幾秒。只是李晶，整棟樓耶，竟然就在我們眼前消失。」

江辰叨唸著，便滑起手機，上網搜尋起綠波街的始末，想從中「挖」出什麼與「雨」有關的牽扯。江辰深信網路無所不知，可以上達天庭下通地府甚至穿越陰陽界。

李晶望著車窗外巍峨的一〇五大樓在雨的烘托，更顯宏偉壯觀，想著她若能如雨穿越雲層飛翔於一〇五，又會是何種滋味。或者也無聲無息讓雨給吞噬。像多年前聞名於世的大衛魔術，只用了一塊布遮掩，轉瞬便將萬里長城藏進另個時空，消逝於眾人的眼前。

下車以後，江辰快步衝向一〇五，李晶撐起一把火紅的傘緊追其後。迎面而來一〇五內擁擠的人潮險些把他們衝散。選擇這樣大雨滂沱的日子來逛街購物，對於苦悶寂寥的城市人來說，該是相互取暖慰藉的最好方式。就算擦肩而過的陌生人可能因為周末午後一場突發的雷雨，透過短暫的邂逅也有了交情匪淺的錯覺。

「奇果專櫃在幾樓，妳還記得嗎？」住在D城的江辰，面對朝他推擠的人潮顯得有些不耐。

「好像是三樓。太久沒來這兒，要不我們繞繞，應該就在這附近。」李晶領著江辰在人影穿梭不息的一〇五，找了許久，終於看見萬頭鑽動的奇果專櫃。只見江辰焦慮的神情變得柔和起來，畢竟是十四歲的少年，對於3C產品的熱衷溢於言表。一會，江辰隨著如浪翻湧的奇果迷開始挑選起喜愛的錶款，李晶則陪著隨興看看。由於過度專注，雙方都沒有察覺周圍的喧鬧擁擠逐漸銷聲匿跡，等李晶開始留神，整間佔地百坪的廣場只剩下店內的保全和專櫃人員穿梭其間。

「咦，人呢？都跑去哪了。」李晶率先發現情況有異。

「還在啊，我不是人嘛。」

「先別選了，你看，整間店何時變的空盪盪的啊。」李晶儘量壓低驚慌的聲音，朝江辰耳語。

「沒有啊，都是人啊，這店裡的音樂難聽死啦，吵的我耳朵快聾了。」江辰連頭都沒抬，繼續挑選心儀的錶款，不忘一隻隻拿起來試戴。

「人都在?!怎麼可能，如果是，我怎麼會看不見。」聽了江辰的話，李晶的心更慌了。腦中閃現的全是兒時聽過的鄉野傳奇，唸著難不成她真的撞上陰邪之物。

因為心生恐懼，李晶環顧四周，仔仔細細的察看前後，是否真如江辰所言，人潮洶湧。可沒有，無論李晶如何望穿秋水，奇果專櫃依然只見她和江辰。不，不單奇果專櫃，應該說是整棟一〇五大樓，除了她，就僅有江辰埋首購物，連之前在店內巡邏的保全跟銷售員也不知何故，全沒了蹤影。

周末午後，雨，仍持續的下著。李晶憶起十四歲那年，彷彿有人對她說，若遇上不如意，只要心中默唸他的名字，他就會聽見。這樣一想，李晶的耳裡突然傳來熟悉的聲音，似乎有誰輕喚她。那微弱的聲息，忽遠忽近。當李晶被神祕的聲音所牽引，正緩緩走向奇果專櫃靠窗的位置也打開雨中的窗櫺，將整個身子探出去時，猛然聽見江辰朝她震天怒吼：「天啊，妳瘋了不成，這可是三樓啊，摔下去，就算沒死，也要跌成殘廢耶。」

被江辰這一喊，李晶回過神來，又聽見周遭人聲鼎沸，看到擠得水洩不通的一〇五。而奇果專櫃的保全正忙著交接換班，銷售員則來回奔波替大排長龍的顧客結帳檢查商品有無損壞。站在離櫃台窗口最近的幾十雙眼睛更讓方才驚人的景象嚇的不知所措，至於先前召喚李晶的神祕聲息，則蕩然無存。

「妳剛中邪了啊？居然當眾開窗跳樓！還好我發現得早，以免妳成為網路熱搜，紅遍全世界。」江辰為緩和眾人圍觀的尷尬，故意打趣滿臉驚詫的李晶。

「我只記得當時恍恍惚惚，好像聽見有人叫我，而聲音，就是從窗口傳來。我因為好奇，便一直往哪兒走，想知道到底是誰叫我。直到聽見你大吼，我才發現自己掛在窗外，而冰冷刺骨的雨，不斷飄在我臉上。」李晶向江辰解釋，不由倒抽一口寒氣。

「那時在窗外妳有撞見什麼嗎？比方一個影子，或者該說是一張模糊不清的臉。由千萬顆從天而降的雨滴，所交織而成的透明臉顏，正對著窗台晃動不已的妳，微笑著。」江辰盯著李晶惶惑的追問。

「難道你也看見那張臉。就是他一直不斷在我耳邊催促，說再遲些，就要來不及了啊。」李晶訝異的說。

「依我看，這雨，是沖著我們來的，若不是，一路上見到的神祕景象，又該做何解釋。」

江辰邊說邊下意識的滑起手機，找出關於李晶住居大樓的陳年舊聞，要她從頭到尾細讀，或能從中找到線索。

李晶透過江辰的手機，開始閱讀起小小發光螢幕上令人側目的報導，這幾則發生在不同年代的舊聞，都與「雨」有關。

首先是發生於半世紀前的離奇命案，某位住居綠波街的老教授，在深夜騎車返家的途中意外被巷口衝出來的野狗驚嚇，一不留神連車帶人摔進了當年雜草叢生的大水溝裡窒息而亡。由於陳屍的地點是人煙罕至的暗巷，直到發出屍臭才引起附近鄰里的注意。雖說很快的報警處理，可因為老教授妻子已經過世又無子女，所以喪事由幾位親近的學生發落，至於老教授真正的死因，是不是真如報導所言是當夜天雨路滑加上視線不清和野狗橫行才讓他死於非命，則不得而知。

其次是三十年前駭人聽聞的亡命竊案，事發地點一樣是綠波街的大樓。有個犯案累累的慣竊由於年關將至，趁著住戶出國旅遊想來闖空門大撈一筆，豈料贓物還沒運走竟活生生的遭雷劈死。據說是整個人倒掛在屋樑上，讓冬雨淋得渾身濕透，慘遭雷擊燒得面目全非。更令人匪夷所思的是，那夜雨下得特別凶殘，聽街坊形容恍若世界末日。自然遭竊的人家，貴重的物品都如數歸還，除了一尊東洋娃娃不見蹤影。沒幾日無故消失的娃娃居然在燒焦的慣竊體內找到，嚇得驗屍的法醫當場手腳冰冷。這尊失而復得的娃娃是遭竊住戶的祖傳之物，或因年代久遠有了靈性，後來娃娃被供奉安置在寺廟，算是住戶回報娃娃的顯靈護主之情。

看到螢幕上，跳出的最後一則發生於綠波街的懸案，李晶粉嫩的臉顏瞬間變得毫無血色。江辰只見李晶嬌弱的身子突地微微搖晃，雙手緊緊的抓著手機螢幕不放，眉頭漸漸深鎖，淚，不覺在眼眶打轉。

江辰念著，該不會是發生於十六年前綠波街大樓管理員的午夜墜樓事件。當時此案在新聞媒體上炒得沸沸揚揚，喧騰了好一陣子。為何受到各方關注，主要是管理員出事那夜遇上颱風，正與某住戶未成年女兒談判分手，之後不歡而散藉酒澆愁，公然爬上該女位於三樓的房間企圖闖入求愛復合，驚得住戶報案協商，豈料警方尚未趕至，年約二十五歲的陳姓管理員，就因酒醉失足墜樓摔死。報導詳實記載當晚該管理員非但頭顱當場破裂，鮮血更在烈雨狂風中四處飛濺。

然而案件在數月後某家雜誌社會記者的追查下，竟有截然不同的說辭。調查顯示陳姓管理員事發當晚，並非因追求少女未果藉酒澆愁，而是餐敘後返回大樓，不顧強風暴雨，在微醺的情形下，仍幫忘記帶鑰匙的住戶冒死爬上頂樓開鎖，才會一腳踩空意外墜樓。但是大樓委員以及該住戶為避免可能肩負的刑責，竟然利用社區的蜚短流長，不僅煙滅證據掩蓋實情，更讓往生者在慘死後背上索愛不成羞憤而死的惡名。

可能是含冤莫白，心有怨恨不甘吧。自陳姓管理員慘死後的十六年來，每年他的祭日，大樓住戶總會有人在雨中無故消失，等被大家發現時，早已沒了氣息。有的是心臟病發死在離大樓不遠的廢墟，有的是返家途中一腳踩空摔進了深不見底的洞穴，有的竟是同陳姓管理員當年一樣，死於酒後墜樓身亡。由於悲慘事件頻傳，往昔熾手可熱，有著文化美名的社區大樓，這幾年來顯得人丁凋零，出走的出走，亡故的亡故，剩下的全是老弱婦孺，對未來沒有指望的散戶。

前後聯結起來，江辰恍然明白，午後大樓管理員董伯的驚恐，那句遮遮掩掩的哀歎：「這雨，又來了。這回，不知誰要招罪了。唉。」江辰心頭一震，想今天，難不成是那人的祭日。念頭一閃，江辰突地眼前發黑，暈了過去，醒來時，發現他居然騰空飛了起來，看著眼下另一個江辰正抓著李晶的雙手質問：「妳明明記得那天的事，可你為什麼不說，一個字也不替我辯解？如果那天，妳願意幫我，一切都會改變，我也不會消失，只能活在雨中。」

靈魂出了竅的江辰，只見李晶深深凝視另一個自己，沉默卻又淚流不止。而在一〇五逛街的人群，沒有誰察覺這異樣的變化。他們彷彿被當成空氣般，靜靜的迴盪在一〇五。

十六年前某個颱風即將來襲的周末，天空烏雲密佈，雷聲轟隆作響，眼看著雨就要來了。唸國二的李晶瞞著出差的父親從補習班翹課，一回家便迫不及待的開窗，朝著窗外的大榕樹輕喊：「陳少哥哥，今天是我的生日，你答應要幫我慶生，可還算數？」

樹梢上鳴叫的鳥兒，僅聽見榕樹下一個嗓音嘹亮、膚色黝黑的男子爽朗的笑道：「自然算數啊。就等著妳回來，帶妳去大樓附近的小山坡看妳的生日禮物。」

「那我的慶生蛋糕呢，你該不會忘了吧。你不是說要用你家鄉種的野草莓為我做一個酸甜又可口的蛋糕？」李晶張著一雙水靈的眸子，朝著窗外體格魁梧的年輕男子陳少微微撒嬌，全不管雨就要溽濕她的衣襟。陳少也是。一逕忙著仰頭安撫三樓窗口的李晶，渾然不覺身上雪白的襯衫早被雨沁涼穿透成一片古銅色肌膚。這會大樓不明究理的鄰居若撞見，倒要認定陳少是赤身裸露的招惹李晶這個純潔女孩。

「蛋糕放在管理室啊。妳快下來，趁雨勢還小，我們趕緊去山坡那兒看禮物，晚些我還要趕去參加同學會呢。」陳少笑的提醒李晶，別錯過驚喜的時

刻，免得天色越來越陰沉，後山那兒視線模糊，瞧不著禮物的樣子，可要辜負他對她的一片心了。

之後，李晶眼神微笑的關上窗，換了件父親為她新買的小洋裝，穿著秀氣的舞鞋，活脫像是古典音樂盒內旋轉不停的芭蕾娃娃輕快愉悅的飛奔下樓，急急坐上陳少的老舊單車，沿著漸次昏黃的天色，連綿不絕的細雨，朝大樓的後山前去，絲毫沒發現有輛黑色休旅車，正悄悄跟著他們，寸步不離。

不知騎了多久，坐在陳少身後的李晶，看見後山曲折的小徑上，竟種滿整排枝幹纖弱的櫻花樹，但見一顆顆粉嫩的花苞於寒風中掙脫出來，在暮色裡閃動著微小晶瑩的光芒，恍若細雨間振翅飛翔的星星。那如詩如畫的景致，讓少女李晶的內心深深撼動了，明白陳少對她的承諾，甚至遠勝她的家人。陳少對李晶說過的每一個字，每一句話，自始自終都充滿著無限的包容與關懷，就像是李晶的嫡親哥哥，對她真心實意的好。李晶在陳少的身上，從來不需以出色的成績，乖巧的表現，去換取任何她所渴求的關愛。她只需要是純粹的自己，對疼惜她的陳少來說，便也足夠了。

「喜歡嗎？我為妳準備的十四歲禮物。來自我家鄉的小小櫻花樹。我記得上回妳來中庭花園瞧我種紫薇時，就說比起紫薇，妳更喜歡開滿山林，在細雨寒風中飄飛的粉櫻。妳說，那讓妳有種置身夢境的感覺，可以使妳忘記現實的憂鬱，忘記每天必需在學校和補習班之間來回奔波的辛苦。其實，妳很想告訴父親，告訴全世界，妳，李晶，只想簡簡單單的過日子，當一個永遠活在花中的精靈便好。所以我想，這該是最適合妳的禮物。」

陳少將單車停在黃昏雨中的山坡上，靦腆的向李晶吐露他饋贈的緣由，也看著雙眼泛淚的李晶，在紛飛的雨絲裡，綻出芬芳的笑靨。那時的陳少明白，他對跟前這個猶如洋娃娃一樣美麗的少女，除卻哥哥的憐愛外，在不知不覺中，又多了一份無以言喻的情感。可陳少比誰都清楚，他和李晶終究是活在兩個世界的人。就算此刻他的心湖，有一絲的波動，他都不允許自己對她生出任何的妄念。

「我好喜歡啊。喜歡你為我在山坡上親手栽種的每一株櫻花樹，以後我難過的時候，只要來這兒，就會想起陳少哥哥對我的好，覺得將來，無論我成了什麼模樣，還是會有人真心疼惜我的，不會因為我的改變，棄我而去。」

嬌弱的李晶擒著眼角的淚水，輕輕握著陳少粗鄙厚實的手也趴在陳少寬闊的胸口，悄聲的哭了起來。可這感人肺腑的一幕，落入偷偷跟在他們身後多時的車影中，竟成了不堪入目的誘拐證據。原來一路追蹤他們而來的，竟是李晶的父親李勝。前些日子，聽大樓委員提點，李勝僅當是流言蜚語不足採信，想女兒李晶自幼習琴，在校成績出類拔萃，相貌又楚楚動人，素日接觸的親友全是文化菁英。如此出色的李晶，怎會像鄰里誤傳的喜歡上一個社經地位微不足道的大樓管理員呢。不，不，這絕對是那個寡廉鮮恥的年輕男人不知用了什麼花言巧語矇蔽了李晶，才會讓她做出如此敗壞門風的事。

李勝儘管滿懷怒氣，可終究行事冷靜，深知若是冒然出現在女兒李晶和管理員陳少的面前，只會讓場面無可收拾。屆時管理員被革職收押事小，女兒的清譽受損和他的顏面盡失事大。近日校方就要選拔新任的院長一職，他的呼聲最高，極有可能被系上提名出來競選，這會若家醜外揚，勢必影響在校的升遷。

深謀遠慮之後，坐在黑色休旅車上的李勝決定靜觀其變，掩身於暗處繼續冷眼旁觀陳少是否有對女兒李晶做出令人髮指的行徑，倘若有，他在下車喝止也不遲。但，等了許久，僅看見陳少領著李晶撐著傘，並肩在山坡的小徑上來回行走，凝望雨間風中悄然獨立的櫻花樹，偶爾低頭細聲說話，便也聽見身形嬌小的女兒李晶輕輕的笑著，揣想她在漸次黯淡的雨夜是如何依偎在那個身分卑微管理員陳少的懷中。光是念及，李勝胸中的一腔怒火，彷若就要燒光那片兀自在寒雨裡璀璨耀眼的櫻花樹。

從山坡上騎車回來，陳少依依不捨的目送李晶返家，和晚班的管理員董伯交班，便出發趕赴同學會。這是畢業多年之後第一次與往日的同窗好友重逢，陳少的喜悅之情，盡寫在臉上。可看在與陳少擦肩而過的李勝眼中，就成了攀附他這根高枝上志得意滿的神情。李勝越看越氣，氣急敗壞之餘，竟心生惡念。

也許真是命中註定。那天深夜並未值班的陳少卻因董伯突發的急症，臨時又被大樓委員電召回來守夜。雖說陳少因參加同學會興致高昂不免多喝了幾杯，所幸陳少的酒量好，即便有些頭暈，腦子仍是清醒的。本想婉拒大樓主委的加班請求，卻又礙於提攜之情，只得勉強重返崗位，在颱風天肩負起守夜的責任。也因此，讓李勝歹著了機會，藉故找起陳少的麻煩。

「喂，喂，喂，是陳先生嗎？我是住在三樓的李教授，我女兒身體不舒服，好像傍晚淋到雨發燒的樣子。我太太出國不在家，我想出門幫她買感冒藥，又怕她獨自在家沒人照顧，你可以幫我去巷口那家藥房買嗎？唉呀，不好意思，在這狂風暴雨的日子，還要麻煩你跑一趟，真是抱歉啊。」

陳少雖是醉酒，可聽到李晶因他們的黃昏山坡之行，淋雨受了風寒頭疼難受，豈有撒手不管的道理。放下電話，即刻冒著烈雨強風去為李晶買藥，急急送往李勝家中，深怕遲些，李晶的風寒又要加重。從社區大樓到巷口藥房，平日天晴走路，幾分鐘也就到了，可這夜偏遇上颱風攪局，陳少來回途中，因路滑風雨大，不知跌倒再爬起來幾次。等李晶為陳少開門取藥，見他渾身濕透，臉上手臂全是大小不一的摔痕，不禁心生愧疚，念著她不過咳嗽幾聲，喉嚨有些疼痛，並沒有像父親說的那般嚴重，不明白父親為何要託陳少冒雨去幫她買藥。

午夜以後，雨勢更加猛烈，疲憊異常的陳少就算是鐵打的身子，都無法承受宿醉後的奔波折騰，趴在大樓管理室的桌上，期盼這天殺的颱風趕緊走，一覺醒來，明朝又是艷陽的晴日，可以載著感冒轉好的李晶，騎車去看山坡的櫻花林，是否依舊開得清麗動人。

陳少念著便也沉沉睡去，直到被一陣急切的按鈴擾醒，只聞門外有個聲音沙啞的男人焦燥的嚷著：「是陳先生嘛。我是五樓B座的廖教授啦，我出去應酬鑰匙忘了帶，結果懷孕的老婆為了幫我開門滑了一跤，眼看就快要生了，卻被困在屋裡出不來，你那可有備用的鑰匙快幫我開門，再遲，我老婆和肚中的孩子就危險啦。」

慘了。陳少記得行事謹慎的董伯值夜，怕自個老邁忘性，為了以防萬一，整棟大樓的住戶備用鑰匙，總是隨身掛在褲腰帶。這晚董伯因急症住進醫院，正躺在手術台上開腸破肚，又哪能分身及時幫人解圍。看來情勢緊迫，陳少雖全身酸痛，體力早已透支，也只能臨危上陣，冒著生命危險，在槍林彈雨的暴風中，裹著李晶送給他的紫藍雨衣，登上被烈雨擊打到劈哩作響的天梯，小心翼翼的攀附窗台，像電影蜘蛛人用堅韌鋒利的絲線，輕易劃破五樓窗玻璃，正預備爬進廖教授住家的客廳時，豈料天空突然雷聲大作，閃電瞬間發出刺目的光芒，射得陳少的眼睛睜不開，竟兩腳踩空，碰的一聲，從高聳的五樓窗台摔了下來。

颱風過後的隔天早上，大樓的住戶，全都耳聞陳少為救五樓即將生產的廖太太，不幸在暴雨中摔死的噩耗。包括吃了陳少昨夜冒雨為她買藥減緩病情的李晶。臨時前來代班的董伯家屬，只見嬌弱的少女李晶愣愣的站在位於一樓的花園中庭，癡癡望著已被狂風摧殘的面目全非的大榕樹和園中慘遭暴雨擊毀的花棚，以及透明花棚內，那一株又一株昨日還無比嬌豔的花朵，此時此刻，竟全都隨著陳少的驟然亡故，跟著香消玉殞了。

「怎麼會這樣？陳少哥哥，你不是答應我，今天還要陪我去看櫻花？你不是說只要我安心養病休息，不再胡思亂想的讀不下書，你要教我怎麼騎車在櫻花林裡飛奔的嗎？你還說要幫小金魚再鑿個大池塘安養著，多播些花種子在新挖好的小泥坑，等來年春天，咱們園子裡的花，又能開得繽紛奪目了。啊，對了，對了，我還記得，你笑著說，到了那時，我想成為花仙子的心願，你就能幫我實現。」

自陳少從五樓摔死，好一陣子大樓的住戶，就會看見聽到李晶失魂落魄的在陳少生前最愛的花園中庭，對著枝葉殘敗的大榕樹不知說些什麼，有時一待便是整天，尤其是雷聲轟隆作響，落雨的周末午後，只要打開窗，往花園望去，大家總能遠遠瞧見李晶孤單的身影，淚汪汪的望著一片荒蕪的園子。再後來，董伯終於病癒出院，繼續回到社區大樓擔任管理員，可令住戶毛骨悚然的是，除卻上了年紀的董伯外，來接替陳少職務的新手，都待不久，對外離職的原因，都稱另有高就，有道是人往高處爬，水往低地流。若非是董伯的年歲，又有多少年輕人想一生屈居於這樣終日看人臉色的職務。

可董伯心如明鏡，比誰都清楚，新進的管理員會走，無非是不想聽見雨夜中，不斷傳來的細微聲響。有幾回，董伯為了替社區大樓留住人管理雜務，便暗自出頭，探問起大家為何上任不久，隨即匆匆離職的原因。只聽幾個膽大的繪聲繪影的說：「不是不想在這兒當米蟲混口飯吃，實在是每次被雨中的腳步聲攪得無法安心幹活睡覺。再加上住在三樓那個李教授的女兒，常常半夜站在雨中的花園說話嚇人，任誰碰上，頭皮都會跟著發麻。」

最後不知是誰，將董伯打算爛在肚子裡的話，給刨了去。終於傳進李勝的耳裡，為堵住有損女兒顏面的流言，也為了一己的前程設想。李勝向學校申請了研究案，便藉機帶著全家大小出國避風頭了，留下三樓空了的屋子，整整十幾年無人看管。雖說離去前，央求拜託董伯每隔一段時日，請人打掃。但，一樣除卻董伯之外，上門清潔的，也都無法長久勝任，這些來自各地的管家總是搖頭對董伯抱怨：「這家真是邪門啊，特別是來打掃，遇上周末下雨的時候，窗子就會自動打開，然後又是雨又是風的，把窗子搞的劈趴作響，等你走近想關窗，耳邊竟飄來不知是誰叫喚的聲音。有時是女孩嬌滴滴的在說話，有時又是個年輕男人爽朗的笑聲，在雨間，在耳裡，不時飄來蕩去的，令人發毛。就好像，是的，就好像那雨是活的，是有生命的，想把聽它說話的人，困在它那兒，永遠出不去。」

這時遠在國外的李勝，自然是聽不見這些怪力亂神的耳語，即便仍在大樓聽聞了，相信行事沉穩的李勝也毫不在意。那夜，當住在五樓B座被鎖在住家門外的廖教授跑來李勝家中尋求援助，李勝剛和女兒李晶因為管理員陳少的事，發生激烈的爭執。李晶不懂父親為何要聽信流言，誤解她和陳少純粹的友誼是一場渣男誘拐少女的騙局，又為何要設下圈套，偷偷跟蹤他們，好搜集萬全的證據，準備向她信任的陳少提告，精心策劃以冠冕堂皇的理由，把自己的女兒逼入絕境，更設計陷人於不義。只因為李勝親眼目睹了陳少和李晶在後山散步，欣賞陳少為她栽種的櫻花林，送給她彌足珍貴的生日禮物嗎？

或許因爭吵的聲音過大，連颱風夜的暴雨都無法掩飾，李勝應門見到滿臉焦慮的廖教授，便不懷好意的提點：「快去樓下找管理員幫忙啊，他有大樓每家住戶的備用鑰匙，再不，他那兒也有梯子，大不了請他幫忙，從花園中庭爬上五樓，打破窗子跳進客廳開門啊。那小子，年紀輕，身體又壯，就算是颱風夜叫他冒雨破窗而入，也是萬無一失的。」

等廖教授慌慌張張的奔下樓找管理員陳少幫忙。李勝和女兒李晶爭執的怒氣，不知怎地，居然平息了下來。等隔日又得知陳少為幫廖教授開門救懷孕的妻子，竟在颱風夜中失足墜樓的不幸，就更加安心了。微笑的想著，從此這世界，少了一個阻礙女兒前途的禍害。

陳少出事那天，躺在五樓客廳疼的幾乎要暈過去的廖太太，昏昏沉沉中，恍惚聽見風雨間有人擊碎窗玻璃要跳進來救她的聲音。可不知怎地，在一陣閃電雷鳴後渺無聲息，等她忍著劇烈的陣痛，牢牢攀附客廳的窗子沿路探頭往外張望，卻看到令她錯愕的一幕，裹著紫藍雨衣的年輕管理員陳少，竟跌落於三樓的冷氣通風口昏迷不醒，窗外的暴雨不斷擊打他古銅色的臉顏，任憑廖太太怎麼呼喊求援，直至身子終於撐不住暈倒，在風雨交加的颱風夜，整棟大樓的住戶仍沒有誰回應。

直到廖太太被前來營救的警方，破門而入緊急送往附近的醫院待產，都沒有人告知她，在暴雨中冒死救她的陳少，後來究竟如何。廖教授對妻子出院後多次詢問他，管理員陳少的下落，更是面有難色，只道那夜陳少多喝了幾杯，爬上五樓打碎他家客廳窗戶，正巧被雷擊中整個人雙腳踩空，瞬間從五樓跌落到一樓，當場摔死了。每次面對廖教授的閃爍其辭，廖太太的內心便越感愧疚，覺得我不殺伯仁，伯仁卻因我而死。何況那夜她分明看見陳少跌落三樓昏迷不醒，又怎麼會如丈夫所言，是當場摔的頭顱碎裂，血流成河呢，這到底是怎麼回事？難不成是她那時疼得頭昏眼花，看錯了嗎？

廖教授對妻子緊咬住陳少的死因不放，除了心生厭煩，還有一絲恐懼不安。想著陳少出事那天，要不是學生小葉對他糾纏不休，威脅他若不給她個答案，她就要把他們的私情公諸於世，屆時看廖教授還怎麼在學校教書，又該給即將生產的妻子如何交代。那把該死的住家鑰匙，根本不是廖教授忘了帶，而是遭小葉奪走，憤恨的丟到窗外。這難堪的場景，不料竟被管理員陳少撞見，廖教授驚恐之餘，深怕這醜聞，終有一天會在大樓傳得遍地開花，讓他無地自容。以致當他發現陳少從五樓摔落三樓的冷氣通風口奄奄一息，非但沒有營救陳少的意思，反倒通知住在三樓的李勝，盡說李勝未來的女婿就躺在李晶房間窗外的冷氣通風口，要李勝為了女兒往後的幸福，趕緊出手相救啊。

於是那夜，吃了陳少送來的感冒藥，躺在房間正昏昏欲睡的李晶，才會恍恍惚惚看見父親李勝打開窗，冒著強風豪雨將她臥室的冷氣通風口敞開，不知將什麼東西飛快揣了出去，碰的一聲，險些驚醒李晶的美夢。所幸，感冒藥摧人入眠的效果，適時起了作用。在夢裡，纖細的李晶仍是望著陳少爽朗的笑臉，甜甜的索求：「陳少哥哥，答應我。我們不要分離，永遠都這麼快樂好嗎？」

夢中的陳少沒有回答，只是低頭靦腆的笑著。爾後的十六年，無論李晶置身何方，她的每一次生日，不管天氣如何晴朗，到後來總會莫名下起雨。而李晶住過的三樓窗口，過了午後，一顆顆飄落的雨點，總不忘在窗台，慢慢凝聚成一張年輕男人的臉。而綠波街呢，街上那一棟又一棟的大樓，更會瞬間消失於雷鳴閃電，猛然揮灑的雨中，雖說只有幾秒，終究在今天午後，讓人給撞見了。

那人，便是此刻在一〇五被陳少借體還魂的江辰。直覺敏銳的江辰，在初識李晶時，竟察覺她佔地遼闊的居所，除卻她和愛貓糖糖之外，還有其他的東西。至於是什麼樣的存在，江辰也說不上來。為了查明真相，便趁來訪的機緣，帶了風水師爺爺江鶴送給他的金剛鸚鵡宙斯前來窺探究竟。當真不出所料，具有通靈能力的宙斯一進門，隨即感應到異樣的氣息。那厲聲的鳴叫，就是要江辰不動聲色，等藏在雨間的東西自行現身。

來自宙斯的警告，讓江辰相信今日午後所經歷的種種異象，必然與李晶的過去有關。對凡事勇於探索的江辰來說，這一切無非是解謎的關鍵，他並不感到害怕，反倒覺得靈魂出竅，更能率性穿越時光，自由橫跨陰陽界，看透人內心的良善與陰暗。以往在李晶房中撿到的泛黃卡片，便是當年管理員陳少寫給李晶的祝福。但見一張綴滿粉櫻的畫上站著兩個小人，笑意

微微的對望著，瀟脫的字跡，細膩的心思，含蓄的屬名——陳少哥哥，無一不透露著，執筆者對李晶的羞怯與溫柔。

如今的李晶，內心深處或許早已探出父親李勝是當年導致大樓管理員陳少死亡的原凶。只是李晶不願也不敢承認她的父親會是謀害陳少的凶手。這樣的真相，對自幼脆弱又善於逃避的李晶太殘忍，因為極度恐慌，十六年來，她刻意埋藏記憶，相信只要住居大樓傾刻淹沒於雨中，讓暴雨沖刷乾淨，所有不堪的痛苦，卑孽的罪惡，都能因為雨的洗滌，徹底消失。

坐上捷運返家途中，江辰問李晶可還記得午後在一〇五發生的事，李晶搖頭笑著說：「什麼事啊，我只看到一〇五擠滿了人，你忙著到處跑，拚命選新款的錶帶，還有奇果專櫃那兒都是保全站崗，銷售員忙著打包裝貨呢，不過，有幾個女的很怪，一直盯著我看，說我發神經，居然開窗要跳樓，還說她們親眼看見有個男的，站在一〇五三樓窗外的雨中，直對我笑呢。」

雖然僅有一瞬，江辰仍清楚的看見，從李晶美麗閃亮的眸影，有個古銅膚色的年輕男人，正站在雨中，朝著他，輕輕的笑著。可這時，他們分明在急駛的地下捷運，哪來的雨呢。

鱗

攝影：王俊智

如果你卒於我的腦海

章家祥

你是一隻自由徜徉的熱帶魚，在我
胸懷裡孵化成熟，在我的愛裡，緩緩披上
炫彩的鱗片，堅實而美麗的
你與我。不溶於水的記憶，建築起
深海與岩礁上的情話。孤獨的總和不包含
航途中遺落的船錨啊，如果你卒於我的腦海
我不會掉淚，因為淚珠會成為我的鱗，像你
美麗而無拘束。而我也成為一隻自由裡的魚

宋太太坐在那裡已經很久了。從江辰騎車載著金剛鸚鵡宙斯出門兜風，順便繞到附近巷口買熱騰騰的鵝肉麵算起，整整快兩個小時，進出「桃林閣」的住戶，都瞧見素日能言善道的宋太太，一個人坐在噴水池那兒左顧右盼的不知等誰。偶爾有好奇的鄰里湊過去問，得到的回應泰半是她最近去看病，醫生交代有空要多散步運動，對身體健康比較好。宋太太以前逢人便說，當初會捨棄繁華的北城，搬來位於郊區的「桃林閣」居住，無非看上這兒鳥語花香的清幽環境，覺得來到了綠蔭遮天、山水連綿的世外桃源，身上所有的病痛或能不藥而癒。

可此刻，任誰見了面色蠟黃的宋太太，聽見她氣若游絲的聲音，都不免皺起眉頭懷疑「桃林閣」美麗如畫的風景，當真能消除百病救人於無形。等大家走遠，宋太太又開始眺望起遠方來，活脫是畫家筆下噴水池旁的一尊雕像，只等著夕陽餘輝靜靜落在她的臉上。直到江辰領著金剛鸚鵡宙斯從宋太太面前騎車呼嘯而過也剎時停了下來，朝她揮手招呼：「宋媽媽，您怎麼一個人坐在這裡發呆啊。小宋哥哥他們呢，還在房裡打電動嘛。天涼了，您趕緊進屋吧，要不感冒就不好囉。」

聽見江辰的提醒，宋太太頓了頓，便緩緩起身拖著蹣跚的步伐，往「桃林閣」A棟行走。臨別前又回頭望了江辰一眼，似乎有話想說，卻吞了回去。那猶疑的目光，江辰看在眼底，誠然學校期末考在即，就算宋太太有事要他幫忙，有心也無能為力。這時江辰不由想起母親楊儀的告誡：「別忘了，你只有十四歲。目前能做的，便是好好讀書，努力學習。至於其他，還是交給大人吧。」

兩年前，才搬進「桃林閣」的宋太太，可不是黃昏江辰遇見的憔悴模樣。那時的宋太太意興風發，全身上下的穿戴行頭，無一不是時尚雜誌爭相報導的名牌精品，手指頸項金光閃閃的鑽石珠寶，耀眼的鋒芒往往逼得人相形失色。總覺得「桃林閣」一旦有了宋太太這樣有身分地位的人入住，即便地處偏遠郊區都能蓬篳生輝。而出手闊綽的宋太太呢？自然沒叫大家失望，從她當選社區福利委員後，舉凡要出錢出力的一樣也沒錯過。又因為財勢雄厚，加上宋先生往返海峽兩岸做生意，社交手腕高明、人脈出奇廣闊，即便「桃林閣」其他住戶有事相求，宋太太也是來者不拒，熱情大力鼎助。久了，宋太太在「桃林閣」便有了富貴閒人的雅號。

那年的宋太太，無論走在桃林閣哪裡，都有人爭相和她寒暄親熱，以能成為她的朋友為榮。然而美中不足的，宋太太如此顯貴氣派，卻有兩個足不出戶，成天與電玩為伍，在家混吃等死的兒子，平白讓宋太太的臉面就要掛不住。據宋太太家年輕貌美的菲傭嘻笑透露，宋太太兩個寶貝兒子長得肥胖如豬，不單相貌粗鄙，行為更是放蕩無度，老是趁著宋太太不在，對她毛手毛腳，有時兄弟倆為了博取她的好感，更枉顧手足之情爭風吃醋，全然不顧宋太太的臉面。有回鬧到警局甚至上了地方小報，害得宋太太為息事寧人還暗中買通報社記者，以免消息走漏，讓宋太太在「桃林閣」丟人現眼。

遠在海峽對岸忙著做生意的宋先生，則將家中大小事物全權委託向來賢慧能幹的宋太太處理。宋先生以為，男主外女主內是傳統的儒家美德，身為男主人的他，只需在外打拼事業、努力勤奮掙錢，給妻兒良好的環境和照料，保他們衣食無憂、生活無慮，算是克盡丈夫與父親的責任了。因此兩個兒子的管教，宋先生從不插手，始終深信無所不能的宋太太肯定包辦成功，從兒子的教養到未來，只要能以財力擺平，宋先生都要宋太太放輕鬆，不必太緊張啊。俗話說的好，有錢能使鬼推磨。有了錢，在這世上，就穩如泰山了，還有啥好驚慌害怕的呢。

可宋太太還是怕，怕霉運會接踵而至，壞了她在「桃林閣」建立起來的聲名。為了免除後患，宋太太必需有所防備，思前想後決定聽牌友的建議，找位功力深厚的風水師來家中整治，瞧瞧該在何處添置書畫雅物，以轉換衰頹的運勢，讓居所的一切，從此平安順遂，不再麻煩纏身。

經由牌友的大力推薦，那年住在「桃林閣」C棟的江辰便跟著擔任風水師的爺爺江鶴到A棟的宋太太家探勘走動，才逐漸與她慢慢熟識，曉得這個外表看來精明幹練的女人不過是一個膽小迷信的貴婦。開口閉嘴除了房產、股票、期貨、田地以外，就是兩個兒子如何頹唐喪志，讓她傷透了心。

宋太太畢竟是慈愛的母親，天天看著她的親骨肉不誤正業，鎮日關在房間打電玩消磨時間，擔憂焦慮之外，自然想方設法要為兩個心肝寶貝改運，期待風水師江鶴金口一開，即能將住家陳設乾坤挪移，藉此驅除霉運進而招財進寶，讓兒子們脫胎換骨，從大家眼中的米蟲禍害，變成振興家業的棟梁。

由於是鄰里，身為風水師的江鶴對於宋太太的請託，自是費神開釋多方提點，以他豐富的風水探勘經驗觀看，宋太太不妨可以在客廳的財位擺放大型魚缸，一來有利招財轉運，二來平日玩賞也有助疏解屋內的鬱結之氣。因為「水」至柔至剛，有化氣轉氣的效果，一般來說，要放在衰氣方才能化衰氣為吉氣。又水能摧財，若選定財位，放上魚缸，必要維持水質，避免汙染混濁導致魚突然死亡。同時，需注意水的流向，宜向內，不可向外，還要留心擺放的角度，如擺放不當，也會有桃花誹聞纏身。那是因為水生財也主桃花，更應謹慎選用放置才好。正所謂水能載舟亦能覆舟啊。

當時的江辰，亦步亦趨跟在風水師爺爺江鶴的左右，聽得鉅細彌遺，時而拿著小小的羅盤測量屋中周遭的方位，時而舉起立極尺、墨斗，拉長細細的線，在房子四周轉來繞去的探尋空間的旺點位置，以便告知宋太太屋中究竟何處才是她衷心求取的財位。好半天追著爺爺江鶴的背影，在宋太太家佔地百坪的住家，一方驚嘆於爺爺江鶴口中風水的奇幻玄妙，一方思考著如何幫眼前愁容滿面的宋太太。念著既然爺爺建議宋太太在客廳主財位添置魚缸招財改運，那麼自小喜愛養魚以魚為友的他，何不發揮所長，為宋太太物色適合的魚缸和魚種呢。

隔天下午，熱心的江辰沒告知爺爺江鶴，也沒徵得宋太太的同意，趕在爺爺去宋家探勘之前，便從住家C棟一口氣跑到位於中庭花園外老遠的A棟，急急按著宋太太家的門鈴，朝著樓下的對講機喊道：「喂，喂，有人在嗎？我是風水師江鶴的孫子江辰啦，我有事想找宋媽媽，請幫我開門好嗎？」

一會，有個操著外國腔的聲音回話了：「等等哦。太太不在家。我問一下少爺，可不可以讓你進來。」

江辰想主事者宋太太既然不在，那下回再來好了，但又怕事情一耽擱，讓爺爺江鶴曉得，老人家會有意見，覺得他年紀小，隨爺爺出任務探勘好玩也就罷了，何必跟著攪進這淌混水，風水之事神祕玄奇，動輒其咎，又哪是他一個初出茅廬的少年所能任意插手的呢，料不準明白他的心思，就不讓他來宋太太家幫忙。念頭一轉，江辰決定站在A棟前庭等宋家的菲傭回話。沒多久消停了對講機又傳來熟悉的聲音：「你進來吧。少爺說了，你可以坐在客廳等太太。她一會就回來。」

等江辰脫了耐吉球鞋進屋，才發現宋太太沒等他幫忙，就去電請水族館幫她在客廳財位上陳設魚缸了。只見兩個蓄著平頭、身型矮小精壯的男人正忙著將石頭、礁岩、底砂放進魚缸裡，擺放的位置層次分明又錯落有致，遠觀近瞧都立體感十足。忙著造景的他們邊替魚缸備妥調溫、過濾的器材，邊不忘擡頭對才進門的江辰微笑致意：「啊，小哥，沒想到在宋太太家也能碰上你。你真是無所不在啊。」

待江辰睜眼細瞧，才認出其中一個矮小的男人是與他相識的阿偉。因為常到位於桃林閣附近的水族館挑選熱帶魚，便同店員阿偉熟稔了起來。只是阿偉不是病重住進了醫院，怎會生龍活虎的出現在宋太太家。或許是誤傳吧，阿偉身強體壯的，就算有病痛一時纏身，只要對症下藥想康復出院也不無可能。

「阿偉，這麼重的缸，你們怎麼搬進屋啊。該不會是從窗口吊進去的吧。」江辰摸著透明如鏡的高大魚缸，想魚缸如此沉重，就算兩個精壯的男子都未必搬得動。

「是啊，確實是從窗口運進來的。剛開始宋太太的兒子還不願意呢，說是從房間搬進屋會耽擱他們打電玩的時間。前後周旋好久，宋太太都快氣哭了，兒子總算鬆手准我們把魚缸扛進屋，誰知才放上財位，她兒子又說魚缸擋住電視，害他們看不到正在熱播的足球賽。唉，真是的。」阿偉無奈的陳述，印證了慈母多敗兒的千古真理。

之後江辰從阿偉口中得知，才曉得宋太太以前養過魚，只是不知怎地，她的魚一下缸，沒幾日便浮上水面，死了。可宋太太不灰心，三天兩頭就往水族館裡鑽，纏著老闆問東問西，要他傳授飼養祕訣，全然不顧其他客人異樣眼光。老闆被宋太太煩透了，便將她扔給了阿偉，要阿偉幫忙，教她如何養魚，順勢賣昂貴的熱帶魚給宋太太，當她是付給阿偉的謝師費，反正啊，宋太太錢多得是，又哪會在乎微不足道的幾萬塊呢。

但夜路走多，終究撞上鬼。江辰想起不久前，就曾聽「桃林閣」的人耳語：「路口的水族館，聽說訛了宋太太好幾十萬耶。店員沒事老把她當凱子耍，盡賣她有病的魚。以致魚一下缸，就斷了氣。害的宋太太老作惡夢，夢見一隻隻死掉的熱帶魚，從太平洋、印度洋、大西洋啦，馬爾地夫、澳洲啦，全世界各地追著她跑，跟著她索命來了。有幾回宋太太夢魘的吼叫，不但把難得從大陸回來一趟的宋先生給嚇醒，還害的左鄰右舍以為是天崩地裂了，驚得紛紛奪門而出。」

今江辰疑惑的是，素日光鮮亮麗的宋太太為何非養魚不可。放眼「桃林閣」的住戶，養狗養貓的不在少數，就算宋太太怕寂寞怕無人陪伴，那些又跑又跳又會撒嬌耍萌的貓犬，比起成天困在缸中的魚兒，不是更能撫慰宋太太寂寥的心？江辰不懂宋太太為何對養魚，或者該說是熱帶魚吧，如此執念無悔。即便魚兒不斷死在宋太太跟前，瞪著一雙雙灰白混濁的眼球，一次次嚥下最後一口氣，恍若對著宋太太痛訴：「妳究竟要用錢，踐踏我們的生命到何時？」

宋太太養魚的執念，截至目前為止，就連「桃林閣」最愛說長道短的王阿婆，都無法破解。唯一得知的小道消息，便是宋太太在嫁給宋先生之前，還有段不為人知的過去。至於是什麼？王阿婆沒好氣的表示，只能問宋太太肚裡那隻應聲蟲了。如果阿偉真的騙了宋太太，哪今天，阿偉又怎麼會到宋太太家為她佈置風水財位？除非宋太太是傻子，那些謠言根本是一場天大的誤會。江辰坐在宋太太家的客廳兀自猜測，也聽見門外有人開鎖正要進來的聲音。

「唉呀，你這孩子怎麼會在這兒，你媽剛才還到處找你呢。說你的宙斯在前院叫個不停，鄰居都在抱怨了，要你趕緊回家哄牠。」開門的是穿著珠光寶氣的宋太太，爺爺江鶴跟在她的身後，驚見江辰居然不吭一聲的跑來宋家作客，心底不免詫異。

江辰聽了爺爺江鶴的提醒，儘管對宋太太抱在懷中的「紫晶洞」感到十分好奇，仍得回家平息鄰居對宙斯的抗議，否則這桃林閣的住戶一人一張嘴，光是閒言碎語，就足以將宙斯掃地出門。離去前，機靈的江辰趁著彎腰穿鞋的空檔，順手摸了摸閃爍著紫色光芒的水晶也仰頭探問爺爺江鶴：「這沉甸甸的紫水晶用來做什麼啊，難不成擺上它，就能招財進寶、闔家平安嗎？」

爺爺江鶴還沒搭話呢，心直口快的宋太太便洩了底：「這紫晶洞以前叫雷公蛋，是佛教七寶之一，在所有水晶中具王者的尊貴之氣，除了有藝術之美外，還具有改善陽宅及個人的磁場功能。將紫晶洞擺在家裡，你爺爺說，無形中能改善風水運勢，更能鎮宅化煞，進而招財納福哦。所以我今天特地出門買了一個，趕緊擺上，好把這陣子的霉運掃個精光。」

「原來是這樣啊，謝謝宋媽媽告訴我。我先回去了，若您養魚的事，還需要人幫忙，別見外哦，可以告訴我。」

離開宋家之前，江辰下意識回頭望了佈置魚缸的阿偉一眼，意外察覺他目露兇光，正看著興致高昂的宋太太。從阿偉眼中流露的狠勁，就好像他和宋太太之間有什麼深仇大恨難以化解。即便宋太太聽了風水師爺爺江鶴的建議，請來了鎮家安宅之寶「紫晶洞」，都無法抵擋宋家即將到來的橫禍。

回家以後，才進門就聽見母親楊儀的聲音：「一下午都跑去哪啦。留宙斯在家快吵翻天了。快，快，快去安撫牠。」

等江辰來到綠影婆娑的陽台，方才還叫嚷著的金剛鸚鵡宙斯，立刻安靜了下來。親暱的飛到小主人江辰的肩頭，輕輕啄起他粉嫩的耳朵來，似乎有事想透露給江辰知曉。以往一旦宙斯感應到四周的靈異變動，便會以咬肩或啄耳的方式向江辰適時提出警告，若是江辰渾然不覺，宙斯更會猛烈撞擊他，向他威嚇提醒，甚至對周遭厲聲鳴叫，突然展翅為他嚇退可能來自冥界的異物。

如此看來，乖巧通靈的宙斯下午會出奇的躁動，必然感應到不尋常的現象。可惜宙斯無法言語，僅能以啄咬的次數多寡，疼痛程度的大小，向江辰預告即將面臨的險境有多棘手。一會江辰隔窗聽見母親楊儀和父親江風低頭說話的聲音：「我今天帶宙斯在社區花園溜躂，正巧遇到水族館的人，才寒暄兩句，宙斯就抓狂大叫，不單叫，居然還想咬人家。瞧這宙斯平常在家乖得很，整天站在架子上，不是睡覺休息，就是等兒子餵牠吃東西逗牠玩，像今天這麼瘋狂，我還是頭一回看到。」

「宙斯今天異常的舉動，難不成跟水族館的人有關？」聽了父母的耳語，江辰心中矇上陰影，腦海猛然竄出阿偉瞪視宋太太凶狠的表情。江辰越想越不安，為解除心底的迷惑，便瞞著雙親帶宙斯來到水族館打探阿偉的虛實。或者從水族館老闆的口中，可以得知阿偉重病住院，卻又突然痊癒的原因。

豈料水族館老闆口風很緊，江辰試探多時仍無所獲。僅得知阿偉是來自偏遠魚村的孩子，由奶奶撫養長大，做事刻苦耐勞不與人爭，雖說是水族界的新手，卻很得前輩賞識重用，入行三年便因工作機緣結交達官貴人。比方住在「桃林閣」的宋太太、賴校長、蔡董、孫委員、吳總，全都對阿偉選魚的精準眼光，讚不絕口。這其中又以家財萬貫的宋太太最賞識阿偉，平日總愛領著貴婦團來水族館閒晃。一來幫阿偉引薦客人，二來找阿偉討教養魚的竅門，好讓她的魚能活下來，不致命喪黃泉。

久而久之，才會有流言說宋太太沒事就愛糾纏水族館的小伙子阿偉打發時間，阿偉呢，則順勢訛詐宋太太的錢，非但賣她貴得離譜的熱帶魚，還哄騙她添購進口配備用品，藉此抽成獲利。如今聽水族館老闆細說重頭，看來真是「桃林閣」的風言風語，毀了阿偉和宋太太的名聲。

古怪的是，當江辰提及阿偉不是重病住院怎會突然痊癒，水族館老闆的臉色沒來由暗了下來：「你一個小孩子沒事問這麼多幹嘛？不會是宋先生給你什麼好處，派你來刨阿偉的底了吧。」

江辰來不及反駁，水族館的門就開了，是住在桃林閣的蔡董帶朋友來挑下午才進貨的美國線罕見熱帶魚。老闆一見有貴客來，即刻收斂對江辰的斥責，示意不要再打探阿偉的隱私。

「咦，你店裡的阿偉呢，不是出院了嗎？」江辰還沒跨出店門，便聽見聲如洪鐘的蔡董詢問起阿偉的近況。於是江辰領著宙斯飛快閃進水族館角落，連忙豎起耳朵聆聽老闆回話。

「阿偉下午跟新來的奇哥到桃林閣的宋太太家佈置魚缸去了，蔡董找阿偉有事？」因為蔡董是水族館的貴客，老闆說起話來自然客氣萬分。

「宋太太家啊，呵呵。我明白了。一出院，就飛去她那兒，也是應該。只是他背上的東西，都清乾淨了吧。趙醫生在問，要我交代他，若還疼，記得回診啊。」蔡董帶著身分顯赫的好友隨意繞著水族館。

「背上的東西？那是什麼？」藏在暗處的江辰，聽了蔡董的回話，對於阿偉所謂的重病，更加好奇了。

這時，叮咚一聲，水族館的自動門又開了。不開還好，門開啟的剎那，起初站在江辰肩頭安靜的宙斯竟然張開翅膀飛了起來，不只振翅飛翔的聲響驚動了館內其他的來客，宙斯劇烈的鳴叫更是一發不可收拾。江辰驚見宙斯朝著水族館大門狂飛，那堅如盤石的鳥喙就要朝阿偉的咽喉咬了下去。彷彿阿偉在宙斯的眼中，是再可怕不過的怪物，若不及時除去，必將危害人間。

千鈞一髮之際，江辰的耳際傳來陣陣熟悉的口哨聲，水族館內驚魂未定的來客，同時察覺有道黑影搶在阿偉的前面及時現身，飛快攔住了尖聲狂叫的宙斯，那黑影不是旁人，正是風水師爺爺江鶴。穿著長袍馬褂的江鶴，才出手便馴服了羽毛鮮麗的龐然大物，讓這隻怒火中燒的巨鳥，剎那變得異常溫馴。

返家的路上，爺爺江鶴並未責難江辰，僅是交代這段期間若無事，水族館暫且不要去了。等宙斯襲人的事，過了風頭再說，爺爺江鶴擔心若水族館認真追究起來，飼養宙斯的江辰會有無法預料的災厄。整個晚上，江辰的腦海不斷浮現阿偉瞪視宋太太那雙陰狠的眼睛。而遭爺爺江鶴禁足的金剛鸚鵡宙斯似乎感應到江辰的異樣，隔著書房發出陣陣嗚叫。那穿牆而過的聲息，時長時短，每一次的呼求，恍若都向江辰再三警誡。

為了讓家人和爺爺江鶴安心，江辰在宙斯出事的數月中，從未踏進桃林閣附近的水族館。偶爾聽宋太太提起那兒的是非，總是隨意敷衍過去。至於跟宋太太呢？則因爺爺江鶴常去她家看風水，帶他隨行幫襯的緣由，越走越近，時間長了，與她頗有忘年之交的情誼。再加上宋太太家那兩個成天蹲在房裡打電玩的宅男兒子，經常與江辰討教分享時下年輕人最愛的臉書、IG、即時動態，那麼迄今出入宋太太家聊天說笑，逐漸成了江辰休閒的絕佳去處。

母親楊儀發現了，就曾提點江辰：「宋太太很喜歡你去她家，陪她說話解悶，也常在我們面前誇你心細懂事又善解人意，比起她那兩個沒用的兒子可愛體貼多了。可你終究是鄰居的小孩，不是她的兒子。你學校放假有空，當然可以陪陪宋太太，但也不能本沒倒置，一味丟下功課，跟著爺爺往她家鑽啊。」

江辰雖然明白母親楊儀的用心良苦，可一旦到了宋太太家，瞧見宋太太光鮮外表下難掩的落寞神情，善良的江辰依舊狠不下心腸，對他關懷如子的宋太太，起了疏遠冷淡的念頭。況且宋太太急需江辰的幫忙，替她解決千奇百怪的養魚難題，讓她在客廳財位養了一大缸子的淡水魚招財進寶之後，又在主臥室添置了另一缸五彩繽紛的熱帶魚。連爺爺江鶴都不知道，宋太太那新缸的每一隻稀奇的熱帶魚，全是江辰陪著宋太太趁著假日開著她那輛千萬賓士跑車，行遍各地水族館的收穫。

某個陽光燦爛的假日，宋太太一早又來電約江辰到近郊新開的水族館遊逛。大考在即的江辰本想婉拒，卻扭不過宋太太的邀約懇求，盡說選魚若沒江辰出主意，怕會失了準頭，再者天晴朗日的，平常課業繁重的江辰若窩在家中啃書不出門踏青，豈不可惜。還有上次說好要一塊去東北角鑿活石設置魚缸的約定，正巧可以一併完成，有道是擇日不如撞日。

江辰誠然是十四歲心軟的孩子，禁不起宋太太低聲下氣的請託，遂瞞著家人悄悄編了個理由跟著宋太太坐進了她的千萬賓士跑車，一路往東北角海岸馳騁而去。出發前，宋太太的手機突然響了，是宋先生從海峽對岸打過來的。江辰瞧宋太太那張濃妝艷抹的臉貼在鑲鑽的蘋果X螢幕上都快滲出油來，仍不忘對著電話那頭的宋先生嚷著：「你就只會匯錢過來，把你兩個兒子全丟給了我，一個人躲在脂粉堆裡快活。別以為天高皇帝遠，你在那兒搞七捻三的勾當我不知道，哪天真把我惹惱了，我們就騎驢看唱本走著瞧。」

江辰沒想到，宋太太按掉手機後，竟趴在賓士跑車的駕駛座上，傷心的哭了起來，那肝腸寸斷的神情，就好比是全天下的人都對不住她。方才在電話上對著宋先生頤指氣使的宋太太不見了，除了身上僅有的珠光寶氣外，只剩下一個無依無靠的中年女人。比起氣質雍容且婚姻幸福的母親楊儀，此刻的宋太太相形之下，顯得孤單又可憐。因為份外憐憫宋太太難堪的處境，江辰便也輕聲安慰：「宋媽媽，別難過了。想想我們還要去東北角看海，踏浪鑿活石呢。等您把車子開進沙灘，我們車窗一開，便能聽見浪花拍打礁岩的聲音，到那時，什麼憂愁、煩惱、痛苦啊，都能拋到九霄雲外了。以前小時候，只要我不開心，爸媽總會帶我去海邊釣魚、戲水、踏浪的，然後很快的，我就忘掉不愉快的事了。若您不信，我們到海邊試試。」

也許真是江辰及時的溫暖，寬慰了宋太太冰冷的心。社區公園樹梢頭的松鼠，只聞地下樓突地駛出了一輛銀色賓士跑車，咻的兩聲隨即在A棟消失了蹤影。那時途經公園的桃林閣住戶皺著眉頭都在猜，究竟是誰家把車子開得那麼快，快的連命都不要了。沿路將車速由六十逐漸加快到一百的宋太太，終於在車子駛上高速公路後破涕為笑也敞開車子的天窗，示意江辰可以從座位上站起來，將身子探出窗外欣賞沿途的湖光山色，不枉他們拋開一切塵俗的煩擾，偷閒來到這世外仙境。

「哇。真的好美。我還是頭一回站在急駛的車上遠眺東北角的海景啊。這種經驗真是棒極了。對了，宋媽媽，你為什麼非要我帶您來海邊鑿活石呢。活石其實在水族館也買的到啊。」江辰彷彿迎著微涼略帶鹹味的海風，探問起宋太太為何堅持來東北角的原因。

「為了什麼？我也不知道。只覺得一定要來海邊，才能在礁岩內覓得上好的活石，放在缸中，讓我的魚兒能夠游的無拘無束，就像在真實的大海裡一樣，聞到海的鹹味，感受到波濤的翻湧。就像是我回到小時候那樣吧。光是站在沙灘，聽潮浪席捲而來的聲音，就覺得自己要變成魚，跟著身上亮閃閃的鱗，剎時躍出水中，穿過美麗的落日。江辰，你那麼喜歡海，喜歡魚，可有想過自己也變成魚，終日在海裡優游。」

宋太太邊開車，邊忘情的對江辰透露她嚮往海的緣由，似乎想讓江辰瞭解她不欲人知的過去。直覺敏銳的江辰感受到了，便趁機追問起宋太太幽微的往事：「宋媽媽，您說您小時候跟我一樣喜歡海，總愛到海邊戲水玩耍。那您老家該不會是靠海的漁村吧？像我爺爺家雖住在城裡，卻常開車戴我去海邊找漁村的親友。所以我打小就愛往海邊跑，誰也攔不住。」

在江辰的試探下，宋太太慢慢駛出高速公路，緩緩將車速減低，細細道出她塵封多年的往事。三十年前，自幼生長在漁村的宋太太，出落的亭亭玉立，雖說父親是靠出海捕魚維生的漁夫，卻將宋太太這唯一的女兒視若珍寶。當年追求宋太太的漁村小伙子不知有多少，全都看上了宋太太那姣好的風姿，宛如魚般的靈動。在眾多追求者中，宋太太唯獨對一個來漁村旅行的羞澀男大生，有了特殊的好感。可惜的是，宋太太談了一場苦戀，婚都還沒結呢，男大生就在意外中喪生，徒留下哭的淚眼婆娑的宋太太，以及她肚裡未出世的孩子。

宋太太對江辰哀慟的追憶，當時漁村的民風保守，自是容不得年輕女孩未婚生子。因此在父親的安排，宋太太瞞著親友，打算將孩子生下來獨自撫養。然而事與願違，孩子才落地，就斷了氣，宋太太連一面都沒瞧見，便給父親埋了。迄今宋太太每每念及，都要覺得愧對她不幸夭折的親骨肉，想若有來生，必然要把那苦命的孩子給生回來。

以往記憶的苦楚，始終困擾著宋太太，即便日後如願嫁作人婦成了兩個兒子的母親，宋太太因少女時代痛失摯愛的悲慟，迄今仍久久無法釋懷。那種心碎的感覺，唯有回到她熟悉已極的東北角，昔日與舊愛起誓相守的地方，或能稍稍得到安慰。下車不久，宋太太領著江辰走在遼闊柔軟的沙灘上，望著一片無際的汪洋，聽著海風迴旋於潮浪之中，所有消逝的青春，似乎也跟著洶湧的波濤，浮現在她眼前。

那年夏天，宋太太頭一回在東北角海邊，遇見有雙憂鬱眼神的男大生。宋太太記得他笑起來的樣子，靦腆中帶有幾分少男的羞澀，老愛穿件雪白短衫搭配卡其色長褲，赤著腳走在同樣晶瑩如雪的沙灘，時而朝著大海狂奔，時而望著不知名的遠方，那瀟灑自由的模樣，彷彿整座海洋，都是為他而生。

爾後宋太太聽村子裡的人說，才知道他是趁著暑假來東北角旅行的研究生，最近住在村長家開的海邊民宿，正埋頭沒日沒夜的苦寫畢業論文。有時寫的疲累了，便會抱著他豢養的波斯貓到海邊散步，或是跟著漁村幾個調皮的孩子跑到附近海邊礁岩，學他們拿著鵝蛋般大的鑿子，冒著海邊風浪的危險，神色專注的在捲起的浪花中，一次次熱烈的敲擊著這海上的頑石，像個急欲征服自然的雕刻家，為了完成心中最完美的藝術品，即便終有一日，被變幻莫測的海浪吞噬也絕不懊悔。或許，正是這份異於常人的執著，深深吸引了宋太太，讓當年容貌秀麗的她，甘願冒著鄰里的輕蔑，雙親的強烈攔阻，都要跟著男大生談一場沒有未來的感情。

那年的宋太太總會在晨光初露或黃昏來臨的時刻，任著男大生握著她纖細的小手，一起踩踏在潮水輕擁的銀白沙灘，等著漫天的晚霞或是朝陽揮灑在他們微仰的臉上。聽著男大生瞞著墨藍的星空，瞞著天際浮動的雲朵，對著滿臉通紅的宋太太悄聲說些不欲人知的情話。是溫柔的詩篇，也是日常的溫暖。只是，再多的山盟海誓，都敵不過來自現實殘酷的考驗。

有回男大生又隨著漁村孩子，拿著鑿子跑到海邊，一次再一次，試圖鑿開海上的礁岩，想從中多鑿些活石放在民宿房間的魚缸，使缸內色彩斑爛的熱帶魚，由於一顆顆長滿綠藻、褐藻的水中鑽石，更顯優游自在，也讓他心愛的女孩（宋太太）能夠愉悅的欣賞這些來自深海中絢爛的嬌客。因為女孩曾經告訴他，她多麼希望自己能化身為汪洋裡美麗的熱帶魚，像這些無拘無束的魚兒們，終日追著浪花，追著海上滿天的星光，擺脫一切的束縛，沉湎於大海的懷抱。

可憾事還是發生。當因鑿石不幸落海身亡的男大生冰冷的遺體，隨波逐流也由著海風吹襲，飄出無邊的汪洋時，他摯愛的女孩（宋太太）今生唯一的想望，自此落空，他們的愛情，終究沒有回頭的機會。

「宋媽媽，你當心點，鑿子很重的，妳可要拿穩，別讓浪給沖了去。」蹲在海邊礁岩上的江辰，看著離他僅有幾步之遙的宋太太心神不寧的望著奔騰的大海，不知想些什麼，擔心之餘，便也出聲提醒。

「唉。沒事的，鑿活石對我來說不是頭一遭，只不過久了沒碰，還沒上手罷了。你也要留神才好，這礁岩，滑溜得很。」宋太太望著江辰高挑修長的身影，有幾秒鐘，她似乎在這少年同樣羞澀靦腆的臉龐，找回了那人消逝的記憶。雖然僅有短短一瞬，仍讓宋太太驚心不已。

「對了宋媽媽，我聽水族館的阿偉說，好的活石幾乎都在海幾米下的地方，這岸邊跟潮間帶多半都是山上掉落的石頭，表面佈滿了青苔。而好的活石雖然很大塊，但是拿起來卻很輕，鈣藻含量更比海邊常見的落石豐富許多。我們要是鑿到了，拿回去一定要泡淡水除掉害蟲。哦，阿偉還特別警告我，要留心岸邊的海巡，千萬別讓那些傢伙發現我們在這兒挖活石，畢竟這兩年維護自然生態的人，是越來越多了啊。」

江辰並未察覺宋太太幽微的心思，只是一逕提點宋太太要注意周遭的動靜，避免陷入無可挽回的困境。想著若是遭海巡撞見他們到潮間帶私鑿活石，準備帶回家佈置魚缸佔為己有，怕是他和宋太太的午後東北角之旅，就要跟著被迫曝光了。屆時，貪戀自由的江辰，無法想像母親楊儀得知之後，會是如何的震怒，宋太太又該怎麼面對「桃林閣」諸多質問的眼光，懷疑宋太太沒事不找自己的兒子去幫她鑿活石，卻要處心積慮約了人家的小孩，雙雙開著拉風的賓士跑車，溜到遊覽勝地去挖啥石頭來佈置魚缸。這混帳的理由，任憑宋太太舌粲蓮花，說給誰聽，誰都不會相信。除非那人是矇了心的傻子啊。從東北角回來，宋太太一下車，便撞到「桃林閣」碎嘴的王阿婆。掩身賓士跑車內的江辰，從反射的窗鏡中，只見王阿婆纏著宋太太問東問西，瞇著一雙發皺的老眼，直往車裡窺探，那獐頭鼠目的表情，就好像宋太太的車裡藏了什麼見不得光的東西，正等著王阿婆來個人贓俱獲，為「桃林閣」清洗門風，更為遠在異鄉勞苦功高的宋先生伸張正義。守寡獨居多年的王阿婆，絕不能讓誰壞了「桃林閣」住戶的品氣，覺得入駐這兒的非富即貴，就算家道平實也是書香門第居多，豈能容得下這來歷不明的暴發戶宋太太，因一己私慾，毀了大家多年來積累的良好風評。

所幸，宋太太藝高膽大，硬是裝瘋賣傻的在王阿婆面前演了場戲，說是家中近日鬧鬼，半夜常會聽見住家客廳、臥房的魚缸內傳來有人輕聲細語交談，宋太太火速奔到客廳，魚兒們竟一隻隻浮上水面，在她眼前翻肚了。連續幾個禮拜，無論宋太太從水族館添購多少顏色鮮麗的熱帶魚，沒隔幾夜便也陸陸續續離世。宋太太因為心裡著實發毛，便求助了住在「桃林閣」C棟的風水師江鶴，求他老人家拔刀相助，再次為她改變運勢。話才說完，宋太太便拉著好事的王阿婆往家裡跑，這突發的舉動，竟驚的王阿婆落荒而逃。躲在車內的江辰見了，忍不住噗哧一笑，料想王阿婆讓宋太太這驚天一鬧，半個月內，準出不了門了。

然而，在江辰聽來以為兒戲的謊言，卻如實在宋太太家每夜上演。就算宋家臥房、客廳內的魚缸，已放入江辰帶宋太太去東北角挖回來，對熱帶魚生長極具營養的生態活石，依然改變不了魚隻日夜亡故的惡運。爺爺江鶴受了宋太太的委託，前後又去宋家好幾趟，每次回來後，老是眉頭深鎖的躲進書房好久，無論江辰怎麼好奇追問，爺爺總回說：「你還小，有些事，不是你想管，就管得了的。還有，這幾日好好在家用功，別帶宙斯到處溜，免得牠再惹出是非。」

江辰理解爺爺江鶴的脾氣，能讓素日冷靜的老人家嚴陣以待，將櫃上攸關風水易經八卦的書，都取下來翻閱細讀的，必然是十分棘手的事。那麼，宋太太家的魚為何會神祕猝死，真如宋太太嚇唬王阿婆的是有什麼看不見的東西在作怪，或者是有誰故意在魚缸裡下毒，害的無辜的魚兒們跟著一命嗚呼。就算是有人落井下石毒殺魚兒，又是為了什麼原因？不讓已經家財萬貫的宋家繼續飛黃騰達，富上加富嗎？還是純粹為了不讓宋太太在桃林閣連任社區福利委員，掌控「桃林閣」可能的暗樁利益。

於是江辰記起前天才落幕的「桃林閣」聯歡晚會，站在花園中庭臨時搭建的舞台，打扮風姿綽約的宋太太緊緊拿著麥克風言辭懇切的說：「感謝大家來賞光，參與『桃林閣』一年一度的慶祝活動，今天社區福利委員會特地邀請來自四川的戲劇名伶為我們演出他的拿手絕活『變臉』，現在就讓大家熱烈掌聲歡迎佳賓帶來的精采演出。」

一會，「桃林閣」眾人只聞鑼鼓喧天，有位扮相神似關公的平劇演員正舞刀弄槍的在絲竹音律的演奏下，詮釋這位流傳千古的英雄人物。同時目不轉睛的看著戲劇名角在一瞬之間呈現出不同的臉譜，居然不換場就能把喜、怒、哀、樂、或是驚訝、憂傷的表情，在幾秒之內變化出來，使得演員能夠將劇中人物的內心起伏，藉由臉相的轉變表現得更為淋漓盡致。那種戲劇的張力和魅惑，讓「桃林閣」的住戶，一個個看得目瞪口呆也紛紛擊掌叫好。

當所有的人，都雀躍的欣賞精采絕倫的京劇變臉絕活時，舞台上正在演出的名角那張收放自如的「臉」，突地無預警的「掉」了下來。那一張張由魚的透明絲線串連起來叩上的臉譜，竟嘩啦啦的落了一地，拼著最後一口氣發出猶似魚死前的哀鳴，頃刻整個舞台充滿著魚用身體磨擦活石的劇烈聲響，驚的大伙全都面色慘白的發出厲聲尖叫。擠在狂奔眾人之間的江辰，被這眼前恐怖的一幕，震軋住了，幾乎無法動彈。幸而爺爺江鶴見苗頭不對，遂快步護住江辰帶他離開出事現場。

可以想見，那時站在舞台後看到這驚悚一幕的宋太太有多麼的手足無措，不敢相信剛剛還掌聲如雷的場面，為何會在一剎間變得宛如人間地獄。在舞台上施展變臉絕活的名伶，怎會猛然化為可怕的怪物。他那張蓋世英雄的容顏，為何會在急轉直下的樂音中，變成驚心動魄的魚臉。那一張張原是凝結人心的臉譜，又到底為了什麼沾上血色。被透明魚線劃傷臉的名角，在救護車的火速援救下，已安然無恙的躺在醫院休養，但心有餘悸的他，還是說不出當時檢查了好幾回的臉譜，怎會突地劃開他俊俏的臉顏，飛快的跌落下來，他聲音虛弱的不斷跟邀請他前來「桃林閣」演出的宋太太求情，要宋太太看在他為聯歡晚會鞠躬盡粹的份上，萬萬不得扣掉他應得的酬勞啊，他在海峽對岸鄉下老家還有幾十口人等著他拿錢回家過活。

擁有上億身家的宋太太，自是不會苛扣受傷名伶的微薄工資。只是宋太太仍要名伶簽約立誓證明聯歡晚會的可怕事故純屬意外，與「桃林閣」下屆福利委員競選無關。若日後查出名伶為人教唆，故意製造有損她名聲的事，將擔付該有的刑事責任。但只有江辰清楚，對外如此精明強悍的宋太太，回家卸下那一身錦衣玉飾以後，不過是個遭丈夫漠視兒子冷落的寂寞中年婦人，除了坐在客廳拿著遙控器，切換轉台的看電視螢幕裡面猶如川劇「變臉」一般的虛幻人生，就僅能將滿腔無處投遞的熱情頃住於那一隻隻繽紛絢麗的熱帶魚身上，縱使明白牠們的生

命岌岌可危，不知受到誰的威脅，隨時隨地都有可能結束。宋太太仍堅持在她的視線監視之下，守護到牠們最後一刻。

因為實在憂懼隔天醒來，就會與心愛的魚兒們生離死別，宋太太開始大量飲用咖啡提神，甚至把魚缸挪到靠近床頭的位置，務求睜眼盯牢家中的一切，包括她那兩個成天無所事事沉迷電玩的兒子，和刻意賣弄風騷引誘人犯罪的妙齡菲傭，懷疑該不會是他們聯合起來為了報復她這個母親這個苛薄的女主人，故意每夜偷偷在魚缸裡下藥，毒死這些對她不離不棄，宛如孩子般的熱帶魚。宋太太每每念及，不由得對著在魚缸裡優游快活的魚兒們，傷心的痛哭失聲，念起以前住在漁村時長輩對她說過的話：「唉啊，大家都好羨慕妳啊，能夠嫁給這麼有錢的男人，儘管他年紀大了些，總比那個掉進海裡一文不名的研究生好吧。他留下的那個孽種沒了也好，才不會擋了妳的財路，毀了妳美滿的人生。」

或者因為對故鄉念念不忘，以致當宋太太得知水族館店員阿偉，同她一樣出生於貧困的漁村，年齡與她那個無緣的孩子相仿，自然對他份外親切。日後就算耳聞「桃林閣」的閒言碎語，宋太太照顧阿偉的初衷也從未改變。特別是聽到阿偉自幼沒了父母，由年邁的奶奶一手拉拔長大，更覺心疼不忍，想著若能在錢財上幫他，給他條活路，也算是對同鄉晚輩的善意。

這阿偉年紀雖輕，確是個知恩圖報的，最初對宋太太的熱誠，自是非常感激，可後來不知怎地，卻有了嫌惡之心，每回在水族館遇見，總是退避三舍。若不幸撞上了，阿偉回起話，盡是酸言酸語，沒給宋太太好臉色看。莫怪不明究理的人，要以為是宋太太的老臉貼上了小鮮肉阿偉的冷屁股，自甘下作。有回陪宋太太去水族館買魚的江辰見了，覺得狐疑不解，便趁宋太太分神，溜到阿偉跟前探問：「咦，你最近怎麼跟宋媽媽生份了，以前你不是常在我面前誇宋媽媽的好，還是你怕跟她走太近，有人造謠。」

阿偉先是發愣，後又皺眉解釋：「沒的事，宋太太是好客人，我哪會疏遠她。」江辰見倔脾氣的阿偉閃避他的問話，更覺其中必有隱情，遂決定默默觀察，待真相浮出檯面。等阿偉走遠了，果真有阿偉同鄉的常客自告奮勇跑來揭底，盡說阿偉的生母根本沒死，不過愛慕虛榮拋家棄子，跟著有錢人跑了，把當年才出生的阿偉扔在醫院不聞不問，還好後來奶奶收養了他，總算平安長大。即便如此，江辰還是沒聽明白，這同嫌惡宋太太又有何干？但見那人低聲諷刺宋太太：「自然有關啊，在阿偉眼裡，當年在漁村風光遠嫁的宋太太，同背棄他私奔的母親無異，一樣在孩子落地不久，為了追求榮華富貴，就算拋棄親骨肉也在所不惜。像這樣現實功利的女人，叫阿偉如何相信她對他的慈悲不是另有所圖，不是為了彌補當年對自個孩子的虧欠。阿偉是阿偉，可不是宋太太昧著良心後自我救贖的工具啊。」

內心有了嫌隙，阿偉對宋太太的態度難免有變化，連生病住院都不讓有同鄉情誼的長輩宋太太前去探視，寧可躺在擁擠的病房奄奄一息，都要維持難能可貴的自尊。至於阿偉的急症只道是工作太多累出病來，讓阿偉的身體長了東西，至於長什麼？水族館的人口風嚴實，藏的滴水不漏。即便機靈聰慧如江辰，仍無從旁敲側擊。但，再完好的蛋，終有碎裂的時刻。那天阿偉因水族館通風系統壞了，又來回卸貨累出一身汗，順手脫了濕透的衣衫，意外讓江辰撞見在他古銅色肌膚上曾長滿密密麻麻的水泡，雖說那一粒粒水泡已然痊癒脫痂變成淡褐色宛若魚鱗的疹子，一旦江辰不小心碰觸仍會叫阿偉疼的臉色發青。

離開水族館返家途中，江辰回想起在阿偉身上看到的可怕景象，恍若似曾相識，也在誰那兒見過猶如米粒的褐色疹子，密密麻麻的佈滿肩頭。江辰挖空心思的追憶，漸漸的，宋太太那張被浪花襲捲的微微發顫的臉，慢慢浮現於江辰的腦海：「啊，是宋媽媽。我想起來了，那回去東北角鑿活石時，我看見她的肩頭，就像阿偉的身上長滿了一顆顆結痂的褐色疹子，乍看之下，還真像是一片片魚鱗呢。」

聯歡晚會之後，由於警方介入調查「變臉」恐怖事件，「桃林閣」的住戶人心惶惶，深怕無端被牽扯，個個與始作俑者宋太太劃清界限。除卻爺爺江鶴仍心慈的在風水上為宋太太謀求脫困之道，就連母親楊儀都嚴辭警誡江辰莫在任意出入宋家招惹是非，甚至頭一回下了禁足令，要江辰像他的金剛鸚鵡宙斯乖乖待在家中溫習功課便好。待警方將「變臉」事件查個水落石出，還宋太太清白，屆時江辰再去拜訪也不遲。

母親楊儀的話，江辰聽來雖不近人情，但仍懂得她的善意提醒，為此整整一週，上課補習回家以後，江辰哪也沒去，不是讓宙斯陪在書房讀書，就是研究表舅給的那架空拍機要如何使用。然而令江辰不安的是，宙斯仍不時對他耳朵、手背、腳踝，急切的啄咬。有時疼痛的程度，就像是大禍臨頭。而爺爺江鶴進出宋太太家的次數越來越頻繁，躲在書房裡翻看易經八卦的時間也越來越久。江辰隱隱感覺有什麼災厄就快要發生。

又過些時日，雖說「桃林閣」的變臉事件，警方盤查仍無所獲，卻把生意繁忙的宋先生從海峽對岸給召了回來，試圖幫宋太太釐清真相以正視聽。雖說宋先生在家停留的時間很短，周遭的鄰里豎起耳朵仍能聽見宋太太對他憤恨的怒斥，兩個寶貝兒子跟他要求分家不成，進而摔盤砸碗的聲響，以及嬌滴滴的菲傭要兒子們即刻履行為腹中胎兒負責的承諾，威脅著若是不從，就要將宋家的骯髒事給掀了開來，讓左鄰右舍都知道宋家的兄友弟恭、父賢母慈，全是漫天大謊，屆時看他們在「桃林閣」要如何立足。

果真好事不出門，壞事傳千里。宋太太家的難堪，沒兩日就傳遍了「桃林閣」，連被母親楊儀禁足的江辰也耳聞。聽說宋先生受不了來自家人的威嚇，連夜搭機跑了，又丟下爛攤子要心力交瘁的宋太太來收拾。爺爺江鶴於心不忍，特意到宋家藉看風水改運之便，寬慰了宋太太幾次，憂慮宋太太受不了一連串的打擊會尋短。這周末趁著補習班放假，心繫宋太太安危的江辰，決定瞞著母親楊儀，領著金剛鸚鵡宙斯去探望此刻正哀傷不已的宋太太。

門鈴按了許久，宋家仍是一片死寂，以往來應門的菲傭，依然不見蹤影。江辰有些急了，深怕宋太太會不會在兒子丈夫相偕離家出走也傷心欲絕的吞藥自盡啊。由於太擔憂，江辰一方吹哨示意宙斯振翅回家向爺爺江鶴求援，一方從隨身的背包內取出拍攝效果奇佳的空拍機，立刻操控將機身緩緩升起，瞬間只聞空拍機發出輕微的轟隆聲，逐漸慢慢飛抵位於五樓的宋家客廳窗口。江辰按捺住焦急，往攝影鏡頭一探，宋家客廳窗簾緊閉，根本無從查看屋內的現況。即便這樣，江辰仍不放棄，一樣緊盯著空拍機的錄相，一個個房間仔仔細細的找，他就不相信宋太太會將整棟佔地百來坪的房子都給封死。

果如江辰預料，那間裝潢先進的歐式空調廚房，成了宋家窗戶門扉緊鎖的漏網之魚。江辰察覺一線生機，遂將空拍機飛行的速度減緩，慢慢接近廚房的窗玻璃，把拍攝鏡頭調整到最清晰的畫面，以便透過廚房的視野，找尋宋太太在家的行蹤，務求任何死角都不能遺漏。當江辰緊鎖住空拍機鏡頭牢牢不放時，一個模糊的人影，緩緩鑽進了江辰專注的眼睛。那是一位打扮的光彩奪目的中年婦人，踩著一雙紅的發亮的高跟鞋，正興致勃勃的打開那座體積龐大的冰箱，將塞滿冰箱內數十個透明塑膠盒，一個又一個小心翼翼取出也輕輕打開盒蓋，對著躺在裡面早已凍結成冰的一隻又一隻乾扁脫水的熱帶魚，無限溫柔慈愛的哄著：「好孩子，你們乖乖的睡吧，再也沒有誰會傷害你們。來，來，讓媽媽為你們唱首兒歌，哄你們睡吧。」

這令人震撼的錄相，讓江辰剎那渾身如死魚般凍結。而空拍機的鏡頭再次殘酷的傳來使他毛骨悚然的畫面。宋太太正輕哼著兒歌，慢慢地把塑膠盒內的熱帶魚一隻隻解凍，又一隻隻慢慢的放進嘴裡，輕輕的咀嚼起來，一口接一口，彷彿品嚐著這世上最美味的海鮮，邊吃也邊唱著：「我的乖寶寶們，快快進到媽媽的懷裡，回到我的肚子，我的羊水內，讓媽媽再一次把你們生出來，生出來，當我的乖寶寶，好嗎？只要藏進媽媽的肚子裡，就沒有人可以傷害你。」

鏡頭內的宋太太，熱帶魚吞的越來越快，兒歌唱的越來越大聲，原來清亮的嗓音，不一會兒，竟變成沙啞的嘶吼，那源自喉嚨強勁的力道，震得江辰的空拍機險些就要從宋家的五樓窗口墜落下來。江辰聽聞縱使心驚肉跳，卻仍將空拍機調整角度，繼續拍攝廚房內陷入瘋狂的宋太太，聽著她不斷痛苦的叫囂著：「都是醫院害的，都是漁村的人害的，是他們說你沒救了，說你即便活下來，也是一個怪胎，全身長滿了鱗般的水泡，還不如讓你死了算了，好叫你早死早投胎，和你落海的爸爸在陰曹地府團圓，不必來當我這個苦命女人的孩子。不是我，真的不是我不要你，不是啊。我的孩子，我的心肝寶貝啊。」

待爺爺江鶴協同父親江風趕至宋家，正準備破窗而入，宋太太居然把門打開了，衣著光鮮且笑吟吟的說：「江老，我聽您的話，把魚缸裡的水全給換了，現在缸內除卻幾隻蝦子和兩顆海葵外，一隻魚都沒有。也好，先養養水，等水質穩定再說吧。」

那會躲在爺爺江鶴身後的江辰微微發抖不敢置信剛剛還在廚房厲聲向空氣

求饒的宋太太為何轉瞬恢復正常，恍若江辰在空拍機所攝錄的驚悚畫面不過是午後的一場夢魘。可不對，宋太太身上仍散發一股淡淡的魚腥味，雖說宋太太刻意噴了濃烈的香水企圖掩飾，還是瞞不過嗅覺敏銳的江辰。此外宋太太那雙塗滿紅色蔻丹的纖纖玉指，每一枚指縫間，更有魚隻腐肉的碎屑殘存於內。這微乎其微的證據，再三印證了江辰親眼所見的異象的確如實發生過，只是宋太太存心隱瞞，不讓人揭露她灰暗的過去，發現她非但是現實功利的女人，更是一個為了追求榮華富貴，不惜犧牲親骨肉的狠心母親。

爺爺江鶴見宋太太安然無恙，便匆匆告辭了，並未在宋家多做停留。回程中，江辰只聽見父親江風臉色沉重的說：「爸，您說的沒錯。就算宋家是千載難逢的風水寶地，您老人家有通天的本領，還是救不了宋太太。除非宋太太能戰勝她的心魔，否則發瘋是遲早的事。」

「唉。這宋太太也是可憐。丈夫經年在外營生，把這一大家子都丟給她做主。兩個兒子不爭氣，好不容易請個菲傭幫她打理家務，卻又害兒子們惹上爛桃花，林林總總的不順心，終於讓她舊疾復發。先前去她家看風水，發現她常常自言自語，對著魚缸發呆，感覺周遭似乎有嬰靈纏著。菲傭又跟我說，宋太太真的有病，房間的抽屜一打開，全是藥。頭疼藥、安眠藥、抗憂鬱症的藥，一包又一包，塞的整櫃子都是。」

江辰頭一回從爺爺口中得知宋太太慘烈的過往，同情之餘，驚覺他從未真正認識宋太太。正如母親楊儀所言：「成人的世界很複雜，絕不是一個孩子所能理解的。」

那麼究竟要到何時，江辰才可以像爺爺和父親那樣遇事臨危不亂，又能冷靜處理呢。那天深夜，兀自想著下午在宋家拍到的可怕場景，江辰便從背包內取出空拍機查閱錄攝影像，企圖在這些影片中找出宋太太自虐的關鍵。不看還好，等江辰再一次面對宋太太張狂的嘴臉，他竟驚嚇到說不出話來。影片中的宋太太全身上下居然長滿密密麻麻的水泡，那水泡不斷在宋太太的身體裡一開一闔，猛一看，簡直像是呼吸急促瀕臨死亡的魚隻。可怕的是，水泡隨著開闔的速度加快，就快要將宋太太吞噬，從宋太太的體內長成渾身鱗片發光的魚。在江辰的空拍機裡，宋太太不再是人，而是如願化為她夢想中，遨遊大海的一尾魚。

迄今江辰總算明白，近日金剛鸚鵡宙斯為何屢屢以喙啄咬他的原因，無非警告他最好遠離宋太太，以免被她拖累，也成了糾纏她嬰靈的替身。而阿偉會突然重症入院，必然與宋太太過從甚密有關。否則阿偉背部絕不會爬滿跟宋太太肩頭一樣骯髒的褐疹，想阿偉當時可能也讓嬰靈給盯上，痛苦到無法脫身，為求自保，才不得不疏遠宋太太吧。如此念及，心軟的江辰決定把宋太太難堪的往事和發狂的模樣一併塵封，就當這是一場惡夢，甦醒過來宋太太仍是那個帶他去東北角望海鑿石的忘年之交。

事發兩年來，宋太太的宿疾時好時壞，宋先生給了宋太太一大筆贍養費，便也同他口中的瘋婦簽字離婚，兩個成天耽溺於電玩的兒子靠著宋先生留給他們的產業，照樣過著衣來伸手飯來張口的混帳生活，至於那個嬌滴滴的年輕菲傭，則被宋先生換成了做事利索的老婆子，以防兩個兒子管不住下半身，又讓人給抓住了把柄，當街認親作父，平白害宋先生再花一筆遮羞費，那可滑不來。至於桃林閣的「變臉」事件，在警方契而不捨的追查，終於有了眉目，只是令人意外的是，害宋太太當眾出醜，名伶差點毀容，造成桃林閣住戶驚恐不安的，居然是碎嘴子王阿婆。聽聞在警方的連夜偵訊，王阿婆聲淚俱下的坦承，因為看不慣宋太太平日囂張跋扈的作為，以致暗中籌劃讓宋太太在聯歡晚會栽個大跟斗，好殺殺宋太太的威風。沒料到，竟會扯出此等禍事來，讓王阿婆後悔莫及。

婚變以後的宋太太，就像換了一個人。衣著打扮不再光鮮亮麗，手指頸項再沒有任何昂貴的珠寶，即連載著江辰去東北角的賓士跑車都脫手賣掉。若有事出門看病，多半由新請的老婆子攙扶著搭計程車前去。以往擺放在宋家百來坪豪宅，用來招財改運的魚缸，包括放在歐式廚房的超大冰箱，全都給宋先生扔了，置放上清雅的蘭花裝飾。至於宋先生為何要丟掉宋太太的風水財位呢？好像是再也無法忍受那滿溢在空氣中，令人作嘔的魚腥味。

傍晚買完鵝肉麵的江辰，在桃林閣噴水池旁望見宋太太寂寞無依的背影，很想叫住她，同她說說話，也陪她在黃昏裡散步。可同行的金剛鸚鵡宙斯又開始啄咬起他的耳朵，彷彿斥喝著：「江辰，你不要命了嗎？你不怕那女人身上的鱗片，瞬間佔滿你身體，讓你剎時長滿密密麻麻的水泡，就像那個倒楣的阿偉，差點成了宋太太的替死鬼。」

攝影：王俊智

後記

只要願意提筆寫下心中的故事，一瞬間，你也可以是小小說書人。

神奇的後院

文／圖　大同國小　陳家樂

小英來到表姐雲庭的家。一進門，就聞到蛋糕香，姑姑熱情的說：「嗨！小英，好久不見，我烤了蛋糕，等一下就可以吃。雲雲啊！小英來了喔！」過了不久，表姐終於出現，「不好意思，我正在做報告，小英你可以先到那間房間嗎？」小英只好默默的點點頭。一打開房門，她整個人傻住了，房間裡除了一扇大窗外，其他的地方都堆滿了書，她只好拿一本書，坐在窗前的書堆上，靜靜地閱讀。

不久，窗外好像有動靜，抬頭一看，發現有隻松鼠正盯著她，似乎想表達什麼。突然，松鼠說：「你好，我叫妙妙。」這句話讓愛探險的小英起了好奇心：「松鼠會說話嗎？」她自言自語道，「當然，我現在就在和你說話，嗯，不過，森林裡也只有我會講話，其他的動物都不會。」說完，牠又看了一下小英，驚覺時間已經不早，「完蛋了，我要回家了，再見！」說完後，便消失。

「小英，媽媽已經烤好蛋糕，你快點來吃啊！」表姐說完便走進房間：「奇怪，你怎麼一直向窗外發呆啊，我們走吧！」她一邊說，一邊把小英拉出房間，那時，小英也在想，她真的有見到會說話的松鼠嗎？還是，這只是一場幻覺？

一週後，因表姐生日，所以舉辦了生日派對，因此小英又來到她家。表姐精心佈置了那個堆滿書的房間，讓它變得煥然一新，因此，派對就在這個房間舉行。小英和大家一起幫表姐唱生日歌、切生日蛋糕，最後，大家就三三兩兩的聚在一起聊天，只有小英緊盯著窗外，想確認上次看到松鼠的事是不是幻覺。突然，她看到窗戶的角落有一團黑黑的東西，原來是妙妙！牠也注意到小英，示意著她從窗戶爬到後院。

一踏到土地，原來後院裡的樹木，瞬間長得更茂密，也多了許多的昆蟲，寂靜的後院開始熱鬧了起來，「這就是我的家！」妙妙說道，小英心中覺得真是太神奇了！「走吧！」妙妙說完，便興致高昂地往前走。

一路上，小英看到許多小攤販，她問：「你們森林裡的動物也會開小攤販？」「不然呢，在你眼前的不就是嗎？」這裡感覺就像是鄉下裡的都市，有許多的攤販、店家，也有動物在廣場上表演，真是熱鬧極了！

正當小英玩得盡興時，突然「碰！」的一聲，讓原本的森林瞬間安靜了下來，有人砍倒了一棵樹，不過他好像沒看到其他的動物和小英，就把那棵樹搬走了……沉默片刻，森林裡又開始熱鬧起來，妙妙搖搖頭，小聲的對小英說：「這已經不是第一次了，已經有五、六棵樹被砍倒，雖然大家都不太為這件事煩惱，不過，如果這種情形一直持續下去，森林恐怕就會消失。」「那麼，有什麼方法能阻止他們呢？」「目前沒有。」妙妙答道，小英突然想出了一個辦法，她說：「不然，就請動物們團結起來，把他們嚇走啊！」這個無理頭的想法，反而讓妙妙高聲叫道：「對喔！我怎麼沒想到呢？」這一叫，又讓整個森林安靜下來，動物們紛紛圍到小英和妙妙身旁，嘰嘰喳喳的，小英根本不知道牠們在講什麼，妙妙開始和牠們溝通，之後，動物們又熱烈起來，好像認同妙妙的說法，牠興奮的跟小英說：「他們剛剛都在問我，為什麼叫的那麼大聲，我就把你的辦法告訴了他們，牠們也都很讚同。」

傍晚的時候，那些人又來了，大家早已埋伏在附近的草叢，當他們拿著斧頭，正準備要砍樹，大家就很有默契的衝出去。突然被一群動物襲擊，他們嚇得不知所措，立刻倉皇逃跑。

「謝謝你，小英，嗯，你表姐的生日派對快要結束了，趕快回去吧！」下一秒，小英又置身在後院，她悄悄的爬進房間，正巧，被表姐看到：「小英，你又在玩躲貓貓了，大家正在找你呢！」

回家的路上，小英好滿足，她不但參加了生日派對，還經歷了一場有趣的旅程。

語言文學類　PG2270　SHOW小說52

鱗
——曾湘綾驚悚小說

作　　者／曾湘綾
責任編輯／鄭夏華
圖文排版／林宛榆
封面設計／蔡瑋筠

發 行 人／宋政坤
法律顧問／毛國樑　律師
出版發行／秀威資訊科技股份有限公司
114台北市內湖區瑞光路76巷65號1樓
電話：+886-2-2796-3638　傳真：+886-2-2796-1377
http://www.showwe.com.tw
劃撥帳號／19563868　戶名：秀威資訊科技股份有限公司
讀者服務信箱：service@showwe.com.tw
展售門市／國家書店（松江門市）
104台北市中山區松江路209號1樓
電話：+886-2-2518-0207　傳真：+886-2-2518-0778
網路訂購／秀威網路書店：https://store.showwe.tw
國家網路書店：https://www.govbooks.com.tw

2019年12月　BOD一版
定價：350元

國家圖書館出版品預行編目

鱗：曾湘綾驚悚小說 / 曾湘綾著. -- 一版. --
臺北市：秀威資訊科技, 2019.12
面；　公分. -- (語言文學類)(SHOW小
說；52)
BDO版
ISBN 978-986-326-746-1(平裝)

863.57　　108017082

讀者回函卡

感謝您購買本書，為提升服務品質，請填妥以下資料，將讀者回函卡直接寄回或傳真本公司，收到您的寶貴意見後，我們會收藏記錄及檢討，謝謝！

如您需要了解本公司最新出版書目、購書優惠或企劃活動，歡迎您上網查詢或下載相關資料：http:// www.showwe.com.tw

您購買的書名：________________________________

出生日期：________年________月________日

學歷：□高中（含）以下　□大專　□研究所（含）以上

職業：□製造業　□金融業　□資訊業　□軍警　□傳播業　□自由業

□服務業　□公務員　□教職　□學生　□家管　□其它_____

購書地點：□網路書店　□實體書店　□書展　□郵購　□贈閱　□其他

您從何得知本書的消息？

□網路書店　□實體書店　□網路搜尋　□電子報　□書訊　□雜誌

□傳播媒體　□親友推薦　□網站推薦　□部落格　□其他__________

您對本書的評價：（請填代號　1.非常滿意　2.滿意　3.尚可　4.再改進）

封面設計____　版面編排____　內容____　文／譯筆____　價格____

讀完書後您覺得：

□很有收穫　□有收穫　□收穫不多　□沒收穫

對我們的建議：________________________________

____

____

____

請貼
郵票

11466
台北市内湖區瑞光路 76 巷 65 號 1 樓
秀威資訊科技股份有限公司 收
BOD 數位出版事業部

(請沿線對折寄回，謝謝！)

姓　名：＿＿＿＿＿＿＿＿　年齡：＿＿＿＿　性別：□女　□男

郵遞區號：□□□□□

地　址：＿＿＿＿＿＿＿＿＿＿＿＿＿＿＿＿

聯絡電話：(日)＿＿＿＿＿＿＿＿ (夜)＿＿＿＿＿＿＿＿

E-mail：＿＿＿＿＿＿＿＿＿＿＿＿＿＿＿＿